世人三事

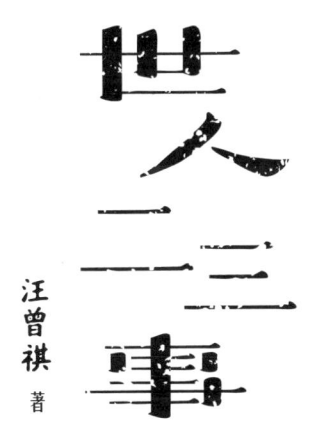

汪曾祺 著

湖南文艺出版社
博集天卷

人,是有各色各样的人的。

目录

辑一 荒诞之人

人生就是一场荒诞，大多数人只是想证明自己活着，或者已经死了。

002　卖蚯蚓的人

010　关老爷

017　祁茂顺

023　莱生小爷

030　尴尬

038　名士和狐仙

世人二三事

辑二 古怪之人

人们以为古怪的人都是病态之人，但其实有点怪才是人的正常状态。

046　薛大娘

053　晚年

056　傻子

059　炸弹和冰糖莲子

061　大妈们

067　谭富英逸事

070　闹市闲民

辑三 谋生之人

> 这个世界上最难做的工作，就是面对人的工作。

076　公共汽车

083　风景

094　小芳

108　猴王的罗曼史

112　静融法师

115　背东西的兽物

123　一个邮件的复活

辑四 通透之人

我们有过各种创伤,但我们今天应该快活。

138　老舍先生

145　沈从文先生在西南联大

156　金岳霖先生

162　闻一多先生上课

166　唐立厂先生

170　未尽才

辑五 怀念之人

> 一个人怎么会连自己母亲的名字都不知道呢?因为我母亲活着的时候我太小了。

178 自报家门

194 我的祖父祖母

204 多年父子成兄弟

209 我的母亲

215 小学同学

226 我的初中

235 师恩母爱

"您好哇?有日子没有见了。

"您遛弯儿?——这个'弯儿'不错。有水,有树。

"今儿天气不错。挺好。不冷不热的。有点小风。舒服。

"您身体好?气色不错。红扑扑儿的。

"家里都好?

"老爷子身子骨还那么硬朗?有八十了吧?

"孩子都好?上大学了吧?

"您还在那儿住吗?"

"你是谁?我不认识你!"

《熟人》| 汪曾祺

荒野

辑一

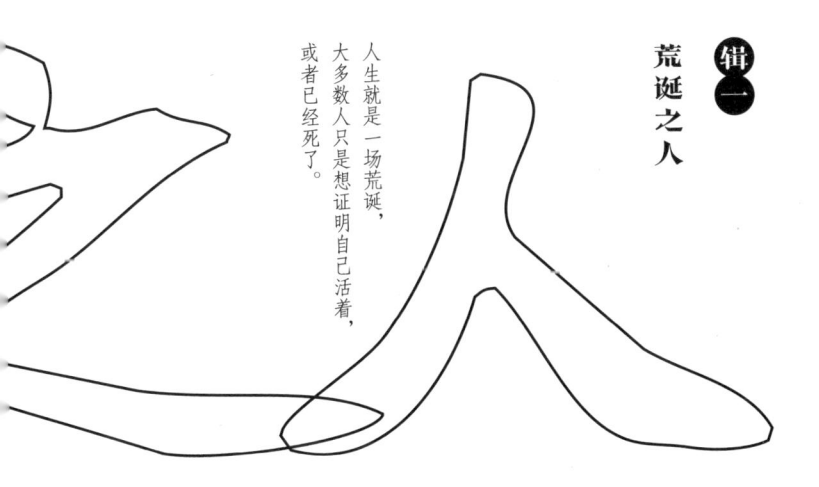

荒诞之人

人生就是一场荒诞,大多数人只是想证明自己活着,或者已经死了。

卖蚯蚓的人

脸上说不清是什么颜色,只看到风、太阳和尘土。

我每天到玉渊潭散步。

玉渊潭有很多钓鱼的人。他们坐在水边,瞅着水面上的漂子。难得看到有人钓到一条二三寸[1]长的鲫瓜子。很多人一坐半天,一无所得。等人、钓鱼、坐牛车,这是世间"三大慢"。这些人真有耐性。各有一好。这也是一种生活。

在钓鱼的旺季,常常可以碰见一个卖蚯蚓的人。他慢慢地蹬着一辆二六的旧自行车,有时扶着车慢慢地走着。走一截,扬声吆唤:

---

[1] 1寸约为3.33厘米。——编者注

"蛐蛐——蛐蛐来——"

"蛐蛐——蛐蛐来——"

有的钓鱼的就从水边走上堤岸,向他买。

"怎么卖?"

"一毛钱三十条。"

来买的掏出一毛钱,他就从一个原来是装油漆的小铁桶里,用手抓出三十来条,放在一小块旧报纸里,交过去。钓鱼人有时带点解嘲意味,说:

"一毛钱,玩一上午!"

有些钓鱼的人只买五分钱的。

也有人要求再添几条。

"添几条就添几条,一个这东西!"

蛐蛐这东西,泥里咕叽,原也难一条一条地数得清,用北京话说,"大概其",就得了。

这人长得很敦实,五短身材,腹背都很宽厚。这人看起来是不会头疼脑热、感冒伤风的,而且不会有什么病能轻易地把他一下子打倒。他穿的衣服都是宽宽大大的,旧的,褪了色,而且带着泥渍,但都还整齐,并不褴褛,而且单夹皮棉,按季换衣。——皮,是说他入冬以后的早晨有时穿一件出锋毛的山羊皮背心。按照老北京人的习惯,也可能是为了便于骑车,他总是用带子扎着裤腿。脸上说不清是什么颜色,只看到风、太阳和尘土。只有有时他剃了头,刮了脸,才看到本来的肤色。新剃的头皮是雪白的,下边是一张红脸,看起来就像是一件旧铜器在盐酸水里刷洗了一通,刚刚拿出来一样。

因为天天见,面熟了,我们碰到了总要点点头,招呼招呼,寒暄两句。

"吃啦?"

"您遛弯儿!"

有时他在钓鱼人多的岸上把车子停下来,我们就说会子话。他说他自己:"我这人——爱聊。"

我问他一天能卖多少钱。

"一毛钱三十条,能卖多少!块数来钱,两块,闹好了有时能卖四块钱。"

"不少!"

"凑合吧。"

我问他这蚯蚓是哪里来的。"是挖的?"

旁边有一位钓鱼的行家说:

"是烹的。"

这个"烹"字我不知道该怎么写,只能记音。这位行家给我解释,是用蚯蚓的卵人工孵化的意思。

"蚯蚓还能'烹'？"

卖蚯蚓的人说：

"有'烹'的，我这不是，是挖的。'烹'的看得出来，身上有小毛，都是一般长。瞧我的：有长有短，有大有小，是挖的。"

我不知道蚯蚓还有这么大的学问。

"在哪儿挖的，就在这玉渊潭？"

"不！这儿没有——不多。丰台。"

他还告诉我丰台附近的一个什么山，山根底下，那儿出蚯蚓，这座山名我没有记住。

"丰台？一趟不得三十里[1]地？"

"我一早起蹬车去一趟，回来卖一上午。下午再去一趟。"

"那您一天得骑百十里地的车？"

"七十四了，不活动活动成吗！"

他都七十四了！真不像。不过他看起来像多少岁，我也说不上来。这人好像没有岁数。

"您一直就是卖蚯蚓？"

"不是！我原来在建筑上——当壮工。退休了。退休金四

---

[1] 1里等于500米。——编者注

十几块，不够花的。"

我算了算，连退休金加卖蚯蚓的钱，有百十块钱，断定他一定爱喝两盅。我把手圈成一个酒杯形，问：

"喝两盅？"

"不喝。——烟酒不动！"

那他一个月的钱一个人花不完，大概还会贴补儿女一点。

"我原先也不是卖蚯蚓的。我是挖药材的。后来药材公司不收购，才改了干这个。"

他指给我看：

"这是益母草，这是车前草，这是红苋草，这是地黄，这是豨莶……这玉渊潭到处是钱！"

他说他能认识北京的七百多种药材。

"您怎么会认药材的？是家传？学的？"

"不是家传。有个街坊，他挖药材，我跟着他，用用心，就学会了。——这北京城，饿不死人，你只要肯动弹，肯学！你就拿晒槐米来说吧——"

"槐米？"我不知道槐米是什么，真是孤陋寡闻。

"就是没有开开的槐花骨朵，才米粒大。晒一季槐米能闹个百八十的。这东西外国要，不知道是干什么用，听说是酿酒。不过得会晒。晒好了，碧绿的！晒不好，只好倒进垃圾堆。——蚯蚓！——蚯蚓来！"

我在玉渊潭散步，经常遇见的还有两位，一位姓乌，一位姓莫。乌先生在大学当讲师，莫先生是一个研究所的助理研究员。我跟他们见面也点头寒暄。他们常常发一些很有学问的议论，很深奥，至少好像是很深奥，我听不大懂。他们都是好人，不是造反派，不打人，但是我觉得他们的议论有点不着边际。他们好像是为议论而议论，不是要解决什么问题，就像那些钓鱼的人，意不在鱼，而在钓。

乌先生听了我和卖蚯蚓人的闲谈，问我：

"你为什么对这样的人那样有兴趣？"

我有点奇怪了。

"为什么不能有兴趣？"

"从价值哲学的观点来看，这样的人属于低级价值。"

莫先生不同意乌先生的意见。

"不能这样说。他的存在就是他的价值。你不能否认他的存在。"

"他存在。但是充其量，他只是我们这个社会的填充物。"

"就算是填充物，填充物也是需要的。'填充'，就说明他的存在的意义。社会结构是很复杂的，你不能否认他也是社会结构的组成部分，哪怕是极不重要的一部分。就像自然界需要维持生态平衡,我们这个社会也需要有生态平衡。从某种意义来说,这种人也是不可缺少的。"

"我们需要的是走在时代前面的人,呼啸着前进的、身上带电的人!而这样的人是历史的遗留物。这样的人生活在现在,和生活在汉代没有什么区别——他长得就像一个汉俑。"

我不得不承认,他对这个卖蚯蚓人的形象描绘是很准确且生动的。

乌先生接着说:

"他就像一具石磨。从出土的明器看,汉代的石磨和现在的没有什么不同。现在已经是原子时代——"

莫先生抢过话来,说:

"原子时代也还容许有汉代的石磨,石磨可以磨豆浆——你今天早上就喝了豆浆!"

他们争执不下,转过来问我对卖蚯蚓的人的"价值""存在"有什么看法。

我说:

"我只是想了解了解他。我对所有的人都有兴趣,包括站在时代的前列的人和这个汉俑一样的卖蚯蚓的人。这样的人在北京还不少。他们的成分大概可以说是城市贫民。糊火柴盒的、捡破烂的、捞鱼虫的、晒槐米的……我对他们都有兴趣，都想了解。我要了解他们吃什么和想什么。用你们的话说，是他们的物质生活和精神生活。吃什么，我知道一点。比如这个卖蚯蚓的老人，我知道他的胃口很好，吃什么都香。他一嘴牙只有一个活动的。他的牙很短、微黄，这种牙最结实，北方叫作'碎米牙'，他说：'牙好是口里的福。'我知道他今天早上吃了四个炸油饼。他中午和晚上大概常吃炸酱面，一顿能吃半斤，就着一把小水萝卜。他大概不爱吃鱼。至于他想些什么，我就不知道了，或者知道得很少。我是个写小说的人，对于人，我只想了解、欣赏，并对他进行描绘，我不想对任何人做出论断。像我的一位老师一样，对于这个世界，我所倾心的是现象。我不善于做抽象的思维。我对人，更多地注意的是他的审美意义。你们可以称我是一个生活现象的美食家。这个卖蚯蚓的粗壮的老人，骑着车，吆喝着'蚯蚓——蚯蚓来！'，不是一个丑的形象。——当然，我还觉得他是个善良的、有古风的自食其力的劳动者，他至少不是社会的蛀虫。"

这时忽然有一个也常在玉渊潭散步的学者模样的中年人插了进来，他自我介绍：

"我是一个生物学家。——我听了你们的谈话。从生物学的角度，是不应鼓励挖蚯蚓的。蚯蚓对农业生产是有益的。"

我们全都傻了眼了。

关老爷

他给陪他睡的大姑娘、小媳妇一个金戒指。他每次都要带十多二十个戒指,田禾先生知道,关老爷下乡看青,只是要把一口袋戒指给出去,他和庄头磨牙费嘴都只是过场而已。

老关老爷——关老爷的父亲做过两任两淮盐务道,搂了不少银子,他喜欢这小城土地肥美,人情淳厚,就在这里落户安家,起房屋,置田地,优哉游哉当了几年快活神仙老太爷。老关老爷的丧事办得极其体面。老关老爷死后,关老爷承其父业,房屋盖得更大,田地置得更多。一沟、二沟、三垛、钱家伙都有他的庄子。他是旗人。旗人有族无姓,关老爷却沿其父训,姓了关。关老爷的二儿子是个少年名士,还刻了一块图章:汉寿亭侯之后。其实关家和关云长是没有关系的。关老爷有两个特点。一是说了一嘴地道京腔,比如,他见小孩子吸烟,就劝道"小孩不抽烟!",本地都说"吃烟",他却说"抽烟",本地人觉得这很奇怪。一是他走起路来是方步,有点像戏台上的台步,特别像方巾丑。这城里有几家旗人,他们见面时都还行旗礼——打千儿,本地人觉得他们好像在演戏,很滑稽,很可笑。关老爷个子不高,矮墩墩的。方脸。"高帝子孙多隆准",高鼻梁。留两撇八字胡。立如松,坐如钟,他的行动都是很端正的。他的为人也很正派。他不抽大烟,不嫖,不赌。只是每年要下乡看一次青。

"看青"即估产。田主和佃户一同看看今年的庄稼长势,估计会有多少收成,能交多少租。一到稻子开花,关老爷就带了"田禾先生"下乡。关老爷骑一匹大青走骡,田禾先生骑一匹粉嘴踢雪黑叫驴,一路分花度柳,款款而行。庄稼碧绿,油菜金黄,一阵一阵野蔷薇的香味扑鼻而来,关老爷东张张西望望,心情十分舒畅。他下乡看青,其实是出来玩玩,看看野景,尝尝野味,改变一下他在深宅大院里的生活。估产定租这些事自有田禾先生和庄头商量,他最多只是点点头,摇摇头。他看的什么青!这些事他也不懂。他还带着一个厨子。厨子头一天已经带了伏酱秋油,五香八角,一应作料,乘船到了一沟。

在路上吃过一碗虾仁鳝丝面,中午饭就不吃了,关老爷要眯一小觉。起来,由庄头领着,田禾先生随着,绕村各处看了看。田禾先生和庄头估计今年收成,商谈得很细,各处田土高低,水流洪窄,哪一个八亩能打多少,哪一堤柽柳能卖多少钱……意见一致,就粗粗落了纸笔,有时意见相左,争持不下,甚至会吵了起来。到了太阳偏西,还没有一个通盘结果。关老爷只在喝茶抽烟,听他们争吵,不置一词。厨子来问:"开不开饭?"关老爷肚子有点饿了,就说:"开饭开饭!先吃饭,剩下的尾数也不值仨瓜俩枣,明天再议。"

关老爷在一沟的食单如下:

凉碟——醉虾、炸禾花雀,还有乡下人不吃的火焙蚂蚱、油氽蚕茧;

热菜——叉烧野兔、黄焖小公狗肉、干炸活鳑花鱼;

汤——清炖野鸡。

他不想吃饭,要了两个乡下面点:榆钱蒸糕、面拖灰藋菜加蒜泥。关老爷喝酒上脸,三杯下肚就真成了关公了。喝了两杯普洱茶,就有点吃饱了食困,睁不开眼了。

他还要念一会儿经。他是修密宗的,念的是喇嘛经。

他要睡了。庄头已经安排了一个大姑娘或小媳妇,给他铺好被窝,陪他睡下了。

第二天起来,就什么都好说了,一切都按庄头的话定规。

他给陪他睡的大姑娘、小媳妇一个金戒指。他每次都要带十多二十个戒指,田禾先生知道,关老爷下乡看青,只是要把一口袋戒指给出去,他和庄头磨牙费嘴都只是过场而已。

一沟、二沟、三垛转了一圈,关老爷累了,回到钱家伙喝了人参汤,大睡了两天,回家,完成了他的看青壮举,得胜还朝。

关老爷是旗人,又是从外地迁来的,本地亲戚很少,只有一个老姑奶奶嫁给阚家;一个老姨嫁给简家,算是至亲。有熟读《三国演义》的人说:你们一家是阚泽的后人,一个是简雍的后人,这样的姓很少,难得!关老爷和岑直斋小时候是同学,跟杨又渔学过作古文、制艺、试帖诗,以后常在一起做文酒之游。关老爷的二儿子关汇和岑直斋的大儿子岑瑜从小学到中学都是同班同学。这几家是通家之好,婚丧嫁娶,办生做寿,走动得很勤。

岑直斋的女儿岑瑾是个美人(她母亲是姨太太,本是南堂子里的名妓)。她眼睛弯弯的,常若含笑,皮肤非常白嫩,真是"吹弹得破"——因此每年都生冻疮。关汇很爱看岑瑾的一举一动,他央求老姨奶奶到岑家说媒。岑瑾的妈说这得问问她本人。岑瑾本不愿意,理由是:一、她比关汇还大两岁;二、关汇身体不好,有点驼背;三、他在学校里功课不好,尤其是数、理、化。她妈说:大两岁没有关系,大媳妇知道疼女婿；身体不好，可以吃药调理；功课——关家这样的人家不指着儿子做事挣钱，一个庄子就够吃一辈子。经过妈下了水磨功夫掰开揉碎反复开导，岑瑾想：富贵人家的子弟差不多也就是这样，就说："妈，您做主！"这样关汇和岑瑾就订了婚，他们那年才读初三。关汇几乎每天都到岑家去，暑假就住在岑家，和岑瑜一起玩：用气枪打鸟，钓鱼。关汇每天给岑瑾写情书，虽然天天见面。情书大都是把旧诗词改头换面，如"身无彩凤双飞翼，心有灵犀一点通"之类。他送岑瑾一张放大十二寸的相片，岑瑾把相片配了框子挂在墙上。岑瑾觉得她迟早是关家的人了，也不再有别的想法。

初中毕业，关汇到上海去读高中，岑瑾到苏州读了女子师范，暂时"劳燕分飞"了。关汇还是每天写信，热情洋溢；岑瑾也回信，但是关汇觉得她的信感情有点冷淡。

关家老太太急于想早一点抱孙子，姑奶奶、姨奶奶也觉得关汇的婚事不能再拖，就不断催关汇把事情办了。于是在关汇和岑瑾高三寒假就举行了婚礼。两家亲友都不甚多，但是吹吹打打，也很热闹。婚礼半新不旧。关汇坚持穿燕尾服，不穿袍子马褂，岑瑾披婚纱，但是拜堂行礼却是旧式的。燕尾服，婚纱，磕头，有点滑稽。

热闹了一天，客人散尽，关汇、岑瑾入洞房。

三天无大小,有些姑娘小子把耳朵贴在房门上"听房"。什么也没有听见。

半夜里,听到噼噼啪啪的声音,打人?关老爷一听,不对!把关老太太叫起来,叫她带了大儿媳妇赶紧去看看。撞开了房门,只见岑瑾在床前跪着,关汇拿了一根马鞭没头没脸地打她。打一鞭,骂一句:"你欺骗了我!你欺骗了我!"大嫂把岑瑾拉起来,给她盖了被窝;老太太把关汇拉到关老爷的书房里,问:"为什么打她?"关汇气得浑身发抖,说:"她欺骗了我!她欺骗了我!"——"怎么回事?"——"她不是处女!不是处女啊!"

这里的风俗,三天回门,要把那点女儿红包在一方白绫子里,亲手交给妈妈。妈妈接过白绫子,又是哭,又是笑:"闺女!好闺女!"

岑瑾三天回门,这门怎么回呢?关汇不去。老太太再三给他央求,说:"关、岑两家,不能让人议论。"好说歹说:"你就给妈这点面子,我求你了!"老太太差点跪下。关汇只能铁青着脸进了岑家的门,连饭都没有吃,推说头疼,就先回去了。

关汇不进岑瑾的门,自在书房里睡。

关、岑两家是不能离婚的。一离婚,就会引起一县人的揣测刺探。只好就这样拖下去。拖到什么时候呢?

这事总得有个了局。

会是怎样的了局呢?

关老爷还是每年下乡看青。他把他的看青的"章程"略微做了一点修改:凡是陪他睡觉的,倘是处女——真正的黄花闺女,加倍有赏——给两个金戒指。

祁茂顺

金四爷,您这可真是老皇历了!八面槽大酒缸早都没了。现在那儿改了门脸儿,卖手表照相机。酥鱼?可着北京,现在大概都找不出一碟酥鱼!

祁茂顺在午门历史博物馆蹬三轮车。

他原先不是蹬车的,他有手艺:糊烧活,裱糊顶棚。

单件的烧活,接三轿马,一个人鼓捣一天,就能完活。祁茂顺在家里糊烧活。他家的门敞着,为的是做活有地方,也才豁亮。他在糊烧活的时候,总有一堆孩子围着看。糊得了,就在门外放着:一匹高头大白马——跟真马一样大,金鞍玉辔紫丝缰;拉着一辆花轱辘轿子车,蓝车帷,紫红软帘,软帘贴着金纸的团寿字。不但是孩子,就是路过的大人也要停步看看,而且连声赞叹:"地道!祁茂顺心细手巧!"

如果是成堂的大活：三进大厅、亭台楼阁、花园假山……一个人忙不过来，就得约两三个同行一块干。订烧活的规矩，事前不付定钱，由承活的先凑出一份钱垫着，好买色纸、秫秸、金粉、银粉、鳔胶、糨糊，交活的时候再收钱。早先订烧活，都是老式的房屋家具，后来有要糊洋房的，要糊小汽车、摩托车、收音机、电风扇的……人家要什么，他们都能糊出来。后来订烧活的越来越少了，都兴火葬了，谁家还会弄了一堂"车船轿马"拉到八宝山去？

祁茂顺的主要的活就剩下裱糊顶棚了。后来糊顶棚的活也少了。北京的平房讲究"灰顶花砖地"。纸糊的顶棚很少见了——容易坏，而且招蟑螂，招耗子。钢筋水泥的楼房更没有谁家糊个纸顶棚的。

祁茂顺只好改行。

午门历史博物馆原来编制很小，没有几个职员，不知道为什么，却给馆长配备了一辆三轮车，用以代步。经人介绍，祁茂顺到历史博物馆来蹬三轮车。馆长姓韩。祁茂顺每天一早蹬车接韩馆长上班，中午送他回家吃饭，下午再接他到馆里，下班送他回家。韩馆长是个方正守法的人，除了上下班，到什么地方开会，平常不为私人的事用车，因此祁茂顺的工作很轻松。

祁茂顺很爱护这辆三轮车，总是擦洗得干干净净的。晚上把车蹬回家，锁上，不许院里的孩子蹬着玩。

不过街坊邻居有事求他，他总是有求必应的。

隔壁陈大妈来找祁茂顺。

"茂顺大哥，您大兄弟病了，高烧不退，想麻烦您送他上一趟医院，不知您的车这会儿得空不得空？"

"没事！交给我了！"

祁茂顺把病人送到医院。挂号、陪病人打针、领药，他全都包了。

祁茂顺人缘很好。

离祁茂顺家不远，住着一家姓金的。他是旗人皇室宗亲，是"世袭罔替"的贝勒，行四。旗人见面时还称他为"四贝勒"，街坊则称之为金四爷。辛亥革命以后，旗人再也不能吃皇粮了。旗人不治产业，不会种地，不会经商，不会手艺，坐吃山空，日渐穷困。"四贝勒"怎么生活呢？幸好他的古文底子很好，又学过中医，协和医学院典籍教研室知道他，特约他校点中医典籍，这样他就有了稳定的收入，吃麻酱面没有问题。他过过豪华的日子，再也不能摆贝勒的谱，有麻酱面也就知足——不过他吃一碟水疙瘩咸菜还得切得像头发丝那么细。

他中年丧偶，无儿无女，只有一个侄女帮他做做饭，洗洗衣裳。

贝勒府原是很大的四合院，后来大部分都卖给同仁堂乐家当了堆放药材的楼房，他只保留了三间北房。

三间北房，两个人，也够住的了。

金四爷还保留一些贝勒的习惯。他不爱"灰顶花砖地"，爱脚踩方砖，头上是纸顶棚，"四白落地"。

上个月下雨，顶棚漏湿了，垮下了一大片。金四爷找到了祁茂顺，说：

"茂顺，你给我把顶棚裱糊一下。"

祁茂顺说："行！星期天。"

祁茂顺星期天一早就来了，带了他的全套工具：棕刷子，棕笤帚，一盆稀稀的浆子，一大沓大白纸。这大白纸是纸铺里切好的，四方的，每一张都一样大小，不是要用时现裁的。

金四爷看着祁茂顺做活。

只见他用棕刷子在大白纸上噌噌两刷子，轻轻拈起来，用棕笤帚托着，腕子一使劲，大白纸就"吊"上了顶棚。棕笤帚抹两下，大白纸就在顶棚上待住了。一张一张大白纸压着韭菜叶宽的边，平平展展、方方正正、整整齐齐。拐弯抹角用的纸也都是用眼睛量好了的,不宽不窄,正合适,棕笤帚一抹,连一点褶子都没有。而且,用的大白纸正好够数,不多一张,也不少一张。连浆都正好使完,没有一点糟践。金四爷看着祁茂顺的"表演",看得傻了,说:"茂顺,你这两下子真不简单!眼睛、手里怎么能有那么准?"

"也就是个熟。"

"没有个三年五载,到不了这功夫!"

"那倒是。"

金贝勒给祁茂顺倒了一杯沏了两开的热茶。祁茂顺尝了一口:"好茶!还是叶和元的双窨香片?"

"喝惯了。"

祁茂顺告辞。

"茂顺,别走,咱们到大酒缸喝两个去(大酒缸用的都是豆绿酒碗,一碗二两,叫作'一个')。"

"大酒缸?现在上哪儿找大酒缸去?"

"八面槽不就有一家吗?他们的酥鱼做得好。"

"金四爷,您这可真是老皇历了!八面槽大酒缸早都没了。现在那儿改了门脸儿,卖手表照相机。酥鱼?可着北京,现在大概都找不出一碟酥鱼!"

"大酒缸没有了?"

"没有啰!"

金贝勒喝着茶,连说了几句:

"大酒缸没有了。大酒缸没有了。"

很难说得清他的话是什么意思。

莱生小爷

人不能太闲,太闲了,好人也会闲出病来的。

莱生小爷家有一只鹦鹉。

莱生小爷是我们本家叔叔。我们那里对和父亲同一辈的弟兄很少称呼"伯伯""叔叔"的,大都按他们的年龄次序称呼"大爷""二爷""三爷"……年龄小的则称之为"小爷"。汪莱生比我父亲小好几岁,我们就叫他"小爷"。有时连他的名字一起叫,叫"莱生小爷",当面也这样叫。他和我父亲不是嫡堂兄弟,但也不远,两房是常走动的。

莱生小爷家比较偏僻,大门开在方井巷东口。对面是一片菜园。挨着莱生小爷家,往西,只有几户人家。再西,出巷口即是"阴城"。"阴城"即一片乱葬岗子,层层叠叠埋着许多无主孤坟，草长得很高。

我的祖母——我们一族人都称她"太太"，有时要出门走走，常到方井巷外看看野景，吩咐种菜园的人家送点菜到家里。菜园现拔的菜叫"起水鲜"，比市上买的好吃。下霜之后的乌青菜（有些地方叫塌苦菜或塌棵菜）尤其鲜美，带甜味。太太到阴城看了野景，总要到莱生小爷家坐坐，歇歇脚，喝一杯小婶送上来的热茶，说些闲话，问问今年的收成，问问楚中——莱生小爷的大舅子，小婶的大哥的病好些了没有。

太太到方井巷，都叫我陪着她去。

太太和小婶说着话，我就逗鹦鹉玩。

鹦鹉很大，绿毛，红嘴，用一条银链子拴在一个铁架子上。它不停地蹿来蹿去，翻上翻下，嘎嘎地叫。丢给它几颗松子、榛子，它就嘎巴嘎巴咬开了吃里面的仁。这东西的嘴真硬，跟钳子似的。我们县里只有这么一只鹦鹉，绿毛、红嘴，真好玩。莱生小爷不知是从哪里买来的。

莱生小爷整天没有什么事。他在本家中家境是比较好的，从他家里的摆设用具、每天的饭菜就看得出来。——我们的本家有一些是比较穷困的，有的竟是家无隔宿之粮。他田地上的事，看青、收租，自有"田禾先生"管着。他不出大门，不跟人来往，与人不通庆吊。亲戚家有娶亲、做寿的，他一概不到，由小婶用大红信套封一份"敬仪"送去。他只是喂鹦鹉一点食，就钻进后面的书房里。他喜欢下围棋，没有人来和他对弈，他就一个人摆棋谱，一摆一上午。他养了十来盆蒲草。一盆种在一个小小的钧窑浅盆里，其余的都排在天井里的石条上。他不养别的花。每天上午用一个小喷壶给蒲草浇一遍水，然后就在藤椅上一靠，睡着了，一直到孩子喊他去吃饭。

他食量很大，而且爱吃肥腻的东西。冰糖肘子、红烧九转肥肠、"青鱼托肺"——烧青鱼内脏。家里红烧大黄鱼，鱼鳔照例归他——这东西黏黏糊糊的，烧得鳔嘴，别人也不吃。

他一天就是这样，吃了睡，睡了吃，无忧无虑，快活神仙。直到他的小姨子肖玲玲来了，才在他的生活里激起了一阵轩然大波。

肖玲玲是小婶的妹妹。她在上海两江女子体育师范读书。放暑假，回家乡来住住。肖玲玲这二年出落得好看了。脸盘、身材都发生了变化。在上海读了两年书，说话、举止都带了点上海味。比如她称呼从前的女同学都叫"密斯×"，穿的衣服都是抱身的。这个小城里的人都说她很"摩登"。她常到大姐家来，姊妹俩感情很好，有说不完的话。玲玲擅长跳舞，北欧土风舞、恰尔斯顿舞[1]（这些舞在体育师范都是要学的）。她读过的中学请她去教，她也很乐意："One two three four, 一、二、三、四，二、二、三、四……"

玲玲来了，莱生小爷就目不转睛地看着她，听她说话，一脸傻气。

他忽然向小婶提出一个要求，要娶玲玲做二房。小婶以为她听岔了音，就说："你说什么？"——"我要娶玲玲，让她做小，当我的姨太太！"——"你这说的是什么话！快别再说了，叫人家听见了笑话。我们是亲姊妹，有姊妹俩同嫁一个男人的吗？有这种事吗？"——"有！古时候就有，娥……娥……娥……"小爷说话有点结巴，"娥"了半天也没有"娥"出来，小婶觉得又好气，又好笑。

打这儿起，就热闹了。莱生小爷成天和小婶纠缠，成天地闹。

"我要玲玲，我要玲玲！"

"我要玲玲嫁我！"

"我要玲玲做小！"

"娶不到玲玲，我就不活了，我上吊！"

---

[1] 即查尔斯顿舞。——编者注

小婶叫他闹得不得安生,就说:"要不你去找我大哥肖楚中说说去,问问玲玲本人。"

"我不去,你替我去!"

小婶叫他闹得没有办法,就回娘家找大哥肖楚中。

肖家没有多少产业,靠肖楚中在中学教英文,按月有点收入。他有胃病,有时上课胃疼,就用铅笔顶住胃部。但是亲友婚嫁,礼数不缺。

小婶跟大哥说:

"莱生要娶玲玲做小。"

肖楚中听明白了,气得浑身发抖。

"放屁!有姊妹二人嫁一个男人的吗?"

"他说有,娥皇女英就是这样。"

"放屁!娥皇女英是什么时代的事,现在是什么时代?难道能回到唐尧虞舜的时代吗?这是对玲玲的侮辱,也是对我肖家的侮辱!亏你还说得出口,替这个浑蛋来做这种说客!"

"我是叫他闹得没有办法!他说他娶不到玲玲就要上吊。"

"他爱死不死!你叫他吓怕了,你太懦弱!——这事你千万别跟玲玲提起!"

"那怎么办呢?"

"不理他!——我有办法,他再闹,我告到二太爷那里去

（二太爷是我的祖父，算是族长），把他捆起来送到祠堂里打一顿，他就老实了！这是废物一个，好吃懒做的寄生虫，真是异想天开，莫名其妙！"

小婶把大哥的话一五一十传给了汪莱生。真要是送到祠堂里打一顿，他也有点害怕。这以后他就不再胡搅蛮缠了，但有时还会小声嘟囔："我要玲玲，我要娶玲玲……"

他吃得还是那么多，还是爱吃肥腻。

有一天，吃完饭，莱生回他的书房，走在石头台阶上，一脚踩空，摔了一跤。小婶听见咕咚一声，赶过来一看，他起不来了。小婶自己，两个孩子，还叫了挑水的老王，一起把他搭到床上去。他块头很大，真重！在床上躺下后，已经中风失语。

小婶请来刘老先生（这是有名的中医）。刘先生看看莱生的舌苔、眼睛，号了号脉，开了一个方子。前面医案上写道：

"贪安逸，食厚味，乃致病之源。拟投以重剂，活血化瘀。"

小婶看看药方，有犀角、麝香，知道这都是大凉通窍的药，而且知道这服药一定很贵。

刘老先生喝着小婶给他倒的茶，说："他的病不十分要紧，吃了这药，一个月以后可能下地。能走动了，叫他出去走走。人不能太闲，太闲了，好人也会闲出病来的。"

一个月后，莱生小爷能坐起来，能下地走走了，人瘦了一大圈。他能说话了，但是话很少。他又添了一宗毛病，成天把玻璃柜橱的门打开，又关上，打开，又关上，嘴里不停地发出拉胡琴定弦的声音：

"gà gi，gi gà，gà gi，gi gà……"

然后把柜橱的铜环摇动得山响：

"哗啦哗啦哗啦……"

很难说他得了神经病，但可说是成了半个傻子。

"gà gi，gi gà，gà gi gi gà……"

"哗啦哗啦哗啦。"

我离乡日久，不知道莱生小爷后来怎么样了。按年龄推算，他大概早已故去。我有时还会想起他来，想起他的鹦鹉，他的十来盆蒲草。

尴尬

洪思迈非常恼火，他找到所长兼党委书记去反映，说："我患阳痿，已经有两年没有性生活，她怎么会怀孕？"

农业科学研究是寂寞的事业。作物一年只生长一次。搞一项研究课题，没有三年五载看不出成绩。工作非常单调。每天到田间观察、记录，整理资料，查数据，翻参考书。有了成果，写成学术报告，送到《农业科学通讯》，大都要压很长时间才能发表。发表了，也只是同行看看，不可能产生轰动效应。因此农业科学研究人员老得比较快。刚入所的青年技术员，原来都是胸怀大志、朝气蓬勃的，几年磨下来，就蔫了。有的就找了对象，成家生子，准备终老于斯了。

生活条件倒还好。宿舍、办公室都挺宽敞，设备也还可以。所里有菜园、果园、羊舍、猪舍、养鸡场、鱼塘、蘑菇房,还有一个小酒厂,一个漏粉丝的粉坊。鱼、肉、禽、蛋、蔬菜、水果不缺,白酒、粉丝都比外边便宜。只是精神生活贫乏。农科所在镇外,镇上连一家小电影院都没有。有时请放映队来放电影,都是老片子。晚上,大家都没有什么事。几个青年技术员每天晚上打百分,打到半夜。上了年纪的干部在屋里喝酒。有一个栽培蘑菇的技术员老张,是个手很巧的人,他会织毛衣,各种针法都会,比女同志织得好,他就每天晚上打毛衣。很多女同志身上穿的毛衣,都是他织的。有一个学植保的刚出校门的技术员,一心想改行当电影编剧,每天开夜车写电影剧本。一到216次上行夜车(农科所在一个小火车站旁边)开过之后,农科所就非常安静。谁家的孩子哭,家家都听得见。

　　只有小魏来的那几天,农科所才热闹起来。小魏是省农科院的技术员。她搞农业科学是走错了门(因为她父亲是农大教授),她应该去演话剧,演电影。小魏长得很漂亮,大眼睛,目光烁烁,脸上表情很丰富,性格健康、开朗。她话很多,说话很快。到处听见她大声说话,哈哈大笑。这女孩子(其实她也不小了,已经结了婚,生过孩子)是一阵小旋风。她爱跳舞,跳得很好。她教青年技术员跳舞,把他们一个一个都拉下了海。他们在大食堂里跳,所里的农业工人,尤其女工,就围在边上看。她拉一个女工下来跳,女工笑着摇摇头，说："俺们学不会！"

小魏是到所里来抄资料的，她每次来都要住半个月。这半个月，农科所生气勃勃。她一走，就又沉寂下来。

这个所里有几个岁数比较大的高级研究人员——技师。照日本和台湾地区的说法是"资深"科技人员。

一个是岑春明。他在本地区、本省威信都很高。他是谷子专家，培养出好几个谷子良种，从"冀农一号"到"冀农七号"。谷子是低产作物。他培养的良种都推广了，对整个专区的谷子增产起了很大作用。他一生的志愿是摘掉谷子的"低产作物"的帽子。青年技术员都很尊重他。他不拿专家的架子，对谁都很亲切、谦虚，有时也和小青年们打打百分，打打乒乓球。照农业工人的说法，他"人缘很好"。他写的论文质量很高，但是明白易懂，不卖弄。他有个外号，叫"俊哥儿"，因为他年轻时长得很漂亮。这外号是农业工人给他起的。现在他四十几岁了，也还是很挺拔。他穿衣服总是很整齐，很干净，衬衫领袖都是雪白的。他的头发梳得一丝不乱。冬天也不戴帽子。他的夫人也很漂亮，高高的个儿，衣着高雅，很有风度。他的夫人是研究遗传工程的，这是尖端科学，需要精密仪器，她只能在省院工作，不能调到地区，因为地区没有这样的研究条件。他们两地分居有好几年了。她只能每个月来住三四天。每回岑春明到火车站去接她,他们并肩走在两边长了糖槭树的路上,农业工人就啧啧称赞:"啧啧啧!这真是天造地设的一对!"

岑春明会拉小提琴,以前晚上常拉几个曲子。后来提琴的E弦断了,他懒得到大城市去配,就搁下了。

另外两个技师是洪思迈和顾艳芬。他们是两口子。

洪思迈说话总是慢条斯理,显得很深刻。他爱在所里的业务会议上做长篇发言。他说的话是报纸刊物上的话,即"雅言"。所里的工人说他说的是"字儿话"。他写的学术报告也很长,引用了许多李森科和巴甫洛夫的原话。他的学问很渊博。他常常在办公室里向青年技术员分析国际形势,评论三门峡水利工程的得失,甚至市里开书法展览会,他也会对"颜柳欧苏"发表一通宏论。他很有优越感。但是青年技术员并不佩服他,甚至对他很讨厌。他是蔬菜专家,蔬菜研究室主任。技术员叫岑春明为老岑,对他却总称洪主任。洪主任大跃进时出了很大的风头:培养出三尺[1]长的大黄瓜,装在特制的玻璃盒子里,泡了福尔马林,送到市里、专区、省里展览过。农业工人说:"这样大的黄瓜能吃吗?好吃吗!"这些年他的研究课题是"蔬菜排开供应",要让本市、本地区任何时

---

[1] 1尺约为0.33米。——编者注

期都能吃到新鲜蔬菜。青年技术员都认为这是纸上谈兵，没有实际意义。什么时候种什么菜，菜农不知道吗？"头伏萝卜、二伏菜"！他知识全面，因此常常代表所里出去开会，到省里，出省，往往一去二十来天、一个月。

顾艳芬是研究马铃薯的，主要是研究马铃薯晚疫病。这几年的研究项目是"马铃薯秋播留种"。她也自以为很有学问。有一次所里搞了一个"超声波展览馆"。布置展览馆的是一个下放在所里劳动的诗人兼画家。布置就绪，请所领导、技术人员来审查。展览馆外面有一块横匾，写着"超声波展览馆"。顾艳芬看了，说"馆"字写得不对。应该是"舍"字边，不是"食"字边。图书馆、博物馆都只能写作"舍"字边，只有饭馆的馆字才能写"食"字边。在场多人，都认为她的意见很对，"应该改一改，改一改"。诗人兼画家不想和这群知识分子争辩，只好拿起刷子把"食"字边涂了，改成"舍"字边。诗人兼画家觉得非常憋气。

顾艳芬长得相当难看。个儿很矮。两个朝天鼻孔，嘴很鼓，给人的印象像一只母猴。穿的衣服也不起眼，干部服，不合体。周年穿一双厚胶底的系带的老式黑皮鞋，鞋尖微翘，像两只船。

洪思迈原来结过婚，家里有媳妇。媳妇到所里来过，据工人们说：头是头，脚是脚，很是样儿。他和原来的媳妇离了婚，和顾艳芬结了婚。大家都纳闷，他为什么要跟原来的媳妇离婚，和顾艳芬结婚呢？大家都觉得是顾艳芬追的他。顾艳芬怎么把洪思迈追到手的呢？不便猜测。

她和洪思迈生了两个女儿，前后只差一岁。真没想到顾艳芬会生出这么两个好看的女儿。镇上没有幼儿园，两个孩子就在所里到处玩。下过雨，泥软了，她们坐在阶沿上搓泥球玩，搓了好多，摆了一溜。一边搓，一边念当地小孩的童谣：

圆圆，

弹弹，

里头住个神仙。

神仙神仙不出来，

两条黄狗拉出来。

拉到那个哪啦？

拉到姑姑洼啦。

姑姑出来骂啦。

骂谁家？

骂王家，

王家不是好人家！

岑春明和洪思迈两家的宿舍紧挨着,在一座小楼上。小楼的二层只他们两家,还有一间是标本室。两家关系很好,很客气。岑春明的夫人来的时候,洪思迈和顾艳芬都要过来说说话。

顾艳芬怀孕了!她已经过了四十岁,一般这样的年龄是不会怀孕的,但也不是绝对没有。已经怀了三个月,顾艳芬的肚子很显了,瞒不住了。

洪思迈非常恼火,他找到所长兼党委书记去反映,说:"我患阳痿,已经有两年没有性生活,她怎么会怀孕?"所长请顾艳芬去谈谈。顾艳芬只好承认,孩子是岑春明的。

这件事真是非常尴尬。三个人都是技师,事情不好公开。党委开了会,并由所长亲自到省里找领导研究这个问题。最后这样决定:顾艳芬提前退休,由一个女干部陪她带着两个女儿回家乡去;岑春明调到省农科院,省里前几年就要调他。

顾艳芬在家乡把孩子生下来了。是个男孩。

对于这回事,所里议论纷纷:

"真没有想到。"

"老岑怎么会跟她!"

"发现怀了孕不做人流?还把孩子生下来了。真不可理解!她是怎么想的?"

岑春明到省院还是继续搞谷子良种栽培。他是省劳模，因为他得了肺癌，还坚持研究，到田间观察记录。省电视台还为他拍了专题报导片。

顾艳芬四十几岁就退休，这不合乎干部政策，经省里研究，她被调到另一个专区，还是研究马铃薯晚疫病。

洪思迈升了所长，但是他得了老年痴呆症。他还不到六十，怎么会得了这种病呢？他后来十分健忘，说话颠三倒四，神情呆滞，整天傻坐着。有一次有电话来找他，对方问他是哪一位，他竟然答不出，急忙问旁边的人："我是谁？我是谁？"

名士和狐仙

"他们都不是人,那,是什么?"

"是狐仙。——谁也不知道他们是从哪里来的,又向何处去了。飘然而来,飘然而去,不是狐仙是什么?"

杨渔隐是个怪人。怪处之一,是不爱应酬。杨家在县里是数一数二的高门望族,功名奕世,很是显赫。杨渔隐的上一代曾经是一门三进士,实属难得。杨家人口多,共八房。杨家子弟彼此住得很近,都是深宅大院。门外有石鼓,后园有紫藤、木香。他们常来常往,遇有年节寿庆,都要互相宴请。上一顿的肴核才撤去,下一顿的席面即又铺开。照例要给杨渔隐送一回"知单",请大爷过来坐坐(杨渔隐是大房),杨渔隐抓起笔来画了一个字:"谢",意思是不去。他的堂兄堂弟知道他的脾气,也不再派人催请。杨渔隐住的地方比较偏僻,地名大淖大巷。一个小小的红漆独扇板扉,不像是大户人家的住处。这是一个侧门,想必是另有一座大门的,但是大门开在什么方向,却很少人知道。便是这扇侧门也整天关着,好像里面没有住人。只有厨子老王到大淖挑水,老花匠出来挖河泥(栽花用),女用人小莲子上街买鱼虾菜蔬,才打开一会儿。据曾经向门里窥探过的人说:这座房子外面看起来很朴素,里面的结构装修却是很讲究的,而且种了很多花木。杨渔隐怎么会住到这么一个地方来?也许这是祖上传下来的一所别业,也许是杨渔隐自己挑中的,为了清静,可以远离官衙闹市。

杨渔隐很少出来,有时到南纸店去买一点纸墨笔砚,顺便在街上闲走一会儿,街坊邻居就可以看到"大太爷"的模样。他长得微胖,稍矮,很结实,留着一把乌黑的浓髯,双目炯炯有神。

杨渔隐不爱理人,有时和一个邻居面对面碰见了,连招呼都不打一个。因此一街人都说杨渔隐架子大,高傲。这实在也有点冤枉了杨渔隐,他根本不认识你是谁!

杨渔隐交游不广,除了几个作诗的朋友,偶然应渔隐折简相邀,到他的书斋里吟哦唱和半天,是没有人敲那扇红漆板扉的。

杨渔隐所做的一件极大的怪事,是他和女用人小莲子结了婚。

这地方把年轻的女用人都叫作"小莲子"。小莲子原来是伺候杨渔隐的夫人的病的。杨渔隐的夫人很喜欢她,一见面就觉得很投缘。杨渔隐的夫人得的是肺痨,小莲子伺候她很周到,给她煎药、熬燕窝、煮粥。杨夫人没有胃口,每天只能喝一点晚米稀粥,就一碟京冬菜。她在床上躺了三年,一天不如一天。她自己知道没有多少日子了,就叫小莲子坐在床前的机凳上,跟小莲子说:"我不行了。我死后,你要好好照顾老爷。这样我就走得放心了。我在地下会感激你的。"小莲子含泪点头。

杨夫人安葬之后,小莲子果然对杨渔隐伺候得很周到。每到换季,单夹皮棉,全都准备好了。冬天床上铺了厚厚的稻草,夏天换了凉席。杨渔隐爱吃鱼,小莲子很会做鱼。鳊、白、鯚,清蒸、氽汤,不老不嫩,火候恰到好处。

日长无事,杨渔隐就教小莲子写字(她原来跟杨夫人认了不少字),小字写《洛神赋》,教她读唐诗,还教她作诗。小莲子非常聪明,一学就会。杨渔隐把小莲子的窗课拿给他的作诗的朋友看,他们都大为惊异,连说:"诗很像那么回事,小楷也很娟秀,真是有夙慧!夙慧!"

杨渔隐经过长期考虑,跟小莲子提出,要娶她。"你跟我这么久,我已经离不开你;外人也难免有些闲话。我比你大不少岁,有点委屈了你。你考虑考虑。"小莲子想起杨夫人临终的嘱咐,就低了头说:"我愿意。"

把房屋裱糊了一下,请诗友写了几首催妆诗,贴在门后,就算办了事。杨渔隐请诗友们不要把诗写得太"艳",说:"我这不是扶正,更不是纳宠,是明媒正娶地续弦,小莲子的品格很高,不可亵玩!"

杨渔隐娶了小莲子,在他们亲戚本家、街坊邻居间掀起了轩然大波。他们认为这简直是岂有此理!这是杨渔隐个人的事,碍着别人什么了?然而他们愤愤不平起来,好像有人踩了他们的鸡眼。这无非是身份门第间的观念作怪。如果杨渔隐不是和小莲子正式结婚,而是娶小莲子为妾,他们就觉得这可以,这没有什么,这行!杨渔隐对这些议论纷纷、沸沸扬扬,全不理睬。

杨渔隐很爱小莲子,毫不避讳。他时常搀着小莲子的手,到文游台凭栏远眺。文游台是县中古迹,苏东坡、秦少游诗酒流连的地方,西望可见运河的白帆从柳树梢头缓缓移过。这地方离大淖很近,几步就到了。若遇天气晴和,就到西湖泛舟。有人说:这哪里是杨渔隐,这是《儒林外史》里的杜少卿!

杨渔隐忽然得了急病。一只筷子掉到地上,他低头去捡,一头栽下去就没有起来。

小莲子痛不欲生,但是方寸不乱,她把杨渔隐的过继侄子请来,商量了大爷的后事。根据杨渔隐生前的遗志,桐棺薄殓,送入杨氏祖茔安葬,不在家里停灵。

送走了大爷,小莲子觉得心里空得很。她整天坐在杨渔隐的书房里,整理大爷的遗物:藏书法帖、古玩字画、蕉叶白端砚、田黄鸡血图章,特别是杨渔隐的诗稿,全都装订得整整齐齐,一首不缺。

小莲子不见了!不知道她是什么时候走的。厨子老王等了她几天,也不见她回来。老花匠也不见了。老王禀告了杨渔隐的过继侄儿,杨家来人到处看了看,什么东西都井井有条,一样不缺。书桌上留下一把泥金折扇,字是小莲子手写的。"奇怪!"杨家的本家叔侄把几扇房门用封条封了,就带着满脸的狐疑各自回家。厨子老王把泥金折扇偷偷掖了起来,倒了一杯酒,反复看这把扇子,他也说:"奇怪!"

老王常在晚上到保全堂药铺找人聊天。杨家出了这样的事,他一到保全堂,大家就围上他问长问短。老王把他所知道的一五一十都说了,还把那把折扇拿出来给大家看。

座客当中有一个喜欢白话的张汉轩,此人走南闯北,无所不知,是个万事通。他把小莲子写的泥金折扇拿在手里翻来覆去地看,一边摇头晃脑,说:"好诗!好字!"大家问他:"张老,你对杨家的事是怎么看的?"张汉轩慢条斯理地说:"他们不是人。"——"不是人?"——"小莲子不是人。小莲子学作诗,学写字,时间都不长,怎么能到得如此境界?诗有点女郎诗的味道,她读过不少秦少游的诗,本也无足怪。字,是玉版十三行,我们县能写这种字体的小楷的,没人!老花匠也不是人。他种的花别人种不出来。牡丹都起楼子,荷花是'大红十八瓣',还都勾金边,谁见过?"

"他们都不是人,那,是什么?"

"是狐仙。——谁也不知道他们是从哪里来的,又向何处去了。飘然而来,飘然而去,不是狐仙是什么?"

"狐仙?"大家对张汉轩的高见将信将疑。

小莲子写在扇子上的诗是这样的:

三十六湖蒲荇香

侬家旧住在横塘

移舟已过琵琶闸

万点明灯影乱长

这需要做一点解释:高邮西边原有三十六口小湖,后来汇在一处,遂成巨浸,是为高邮湖。琵琶闸在南门外,是一个码头。

甜蜜蜜

辑二

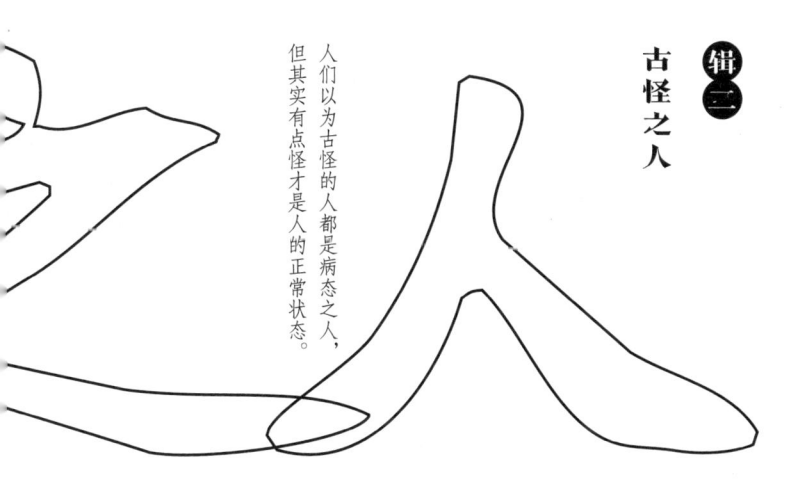

古怪之人

人们以为古怪的人都是病态之人,但其实有点怪才是人的正常状态。

薛大娘

薛大娘拉皮条，有人有议论。薛大娘说："他们一个有情，一个愿意，我只是拉拉纤，这是积德的事，有什么不好？"

薛大娘是卖菜的。

她住在螺蛳坝南面，占地相当大，房屋也宽敞，她的房子有点特别，正面、东西两边各有三间低低的瓦房，三处房子各自独立，不相连通。没有围墙，也没有院门，老远就能看见。

正屋朝南，后枕臭河边的河水。河水是死水，但并不臭；当初不知怎么起了这么一个地名。有时雨水多，打通螺蛳坝到越塘之间的淤塞的旧河，就成了活水。正屋当中是"堂屋"，挂着一轴"家神菩萨"的画。这是逢年过节磕头烧香的地方，也是一家人吃饭的地方。正屋一侧是薛大娘的儿子大龙的卧室,另一侧是贮藏室,放着水桶、粪桶、扁担、勺子、菜种、草灰。正屋之南是一片菜园,种了不少菜。因为土好,用水方便——下河坎就能装满一担水,菜长得很好。每天上午,从路边经过,总可以看到大龙洗菜、浇水、浇粪。他把两桶稀粪水用一个长柄的木勺子扇面似的均匀地洒开。太阳照着粪水,闪着金光,让人感到:这又是新的一天了。菜园的一边种了一畦韭菜,垄了一畦葱,还有几架宽扁豆。韭菜、葱是自家吃的,扁豆则是种了好玩的。紫色的扁豆花一串一串,很好看。种菜给了大龙一种快乐。他二十岁了,腰腿矫健,还没有结婚。

薛大娘的丈夫是个裁缝,人很老实,整天没有几句话。他住东边的三间,带着两个徒弟裁、剪、缝、连、锁边、打纽子。晚上就睡在这里。他在房事上不大行。西医说他"性功能不全",有个江湖郎中说他"只能生子,不能取乐"。他在这上头也就看得很淡,不大有什么欲望。他很少向薛大娘提出要求,薛大娘也不勉强他。自从生了大龙,两口子就不大同房,实际上是分开过了。但也是和和睦睦的,没有听到过他们吵架。

薛大娘自住在西边三间里。

她卖菜。

每天一早，大龙把青菜起出来，削去泥根，在两边扁圆的菜筐里码好，在臭河边的水里濯洗干净，薛大娘就担了两筐菜，大步流星地上市了。她的菜筐多半歇在保全堂药店的廊檐下。

说不准薛大娘的年龄。按说总该过四十了，她的儿子都二十岁了嘛。但是看不出。她个子高高的，腰腿灵活，眼睛亮灼灼的。引人注意的是她一对奶子，尖尖耸耸的，在蓝布衫后面顶着。还不像一个有二十岁的儿子的人。没有人议论过薛大娘好看还是不好看，但是她眉宇间有点英气，算得是个一丈青。

她的菜肥嫩水足。很快就卖完了。卖完了菜，在保全堂店堂里坐坐，从茶壶焐子里倒一杯热茶，跟药店的"同事"说说话。然后上街买点零碎东西，回家做饭。她和丈夫虽然分开过，但并未分灶，饭还在一处吃。

薛大娘有个"副业"，给青年男女拉关系——拉皮条。附近几条街上有一些"小莲子"——本地把年轻的女用人叫作"小莲子"。她们都是十六七、十七八，都是从农村来的。这些农村姑娘到了这个不大的县城里，就觉得这是花花世界。她们的衣装打扮变了。比如，上衣掐了腰，合身抱体，这在农村里是没有的。她们也学会了搽胭脂抹粉。连走路的样子都变了,走起来扭扭搭搭的。不少小莲子认了薛大娘当干妈。

街上有一些风流潇洒的年轻人,本地叫作"油儿"。这些"油儿"的眼睛总在小莲子身上转。有时跟在后面,自言自语,说一些调情的疯话:"花开花谢年年有,人过青春不再来。""易求无价宝,难得有情郎。"小莲子大都脸色矜持,不理他。跟的次数多了,不免从眼角瞟几眼,觉得这人还不讨厌,慢慢地就能说说话了。"油儿"问小莲子是哪个乡的人,多大了,家里还有谁。小莲子都小声回答他。

"油儿"到觉得小莲子对他有点意思了,就找到薛大娘,求她把小莲子弄到她家里来会会。薛大娘的三间屋就成了"台基"——本地把提供男女欢会的地方叫作"台基"。小莲子来了,薛大娘说:"你们好好谈谈吧。"就把门带上,从外面反锁了。她到熟人家坐半天,有一搭无一搭地聊聊,估计时间差不多了才回来开锁推门。她问小莲子:"好吗?"小莲子满脸通红,低了头,小声说"好"——"好,以后常来。不要叫主家发现,扯个谎,就说在街碰到了舅舅,陪他买了会儿东西。"

欢会一次,"油儿"总要丢下一点钱,给小莲子,也包括给大娘的酬谢。钱一般不递给小莲子手上,由大娘分配。钱多钱少,并无定例。但大体上有个"时价"。臭河边还有一处

"台基"，大娘姓苗。苗大娘是要开价的。有一次一个"油儿"找一个小莲子，苗大娘索价二元。她对这两块钱做了合理的分配，对小莲子说："枕头五毛炕五毛，大娘五毛你五毛。"

薛大娘拉皮条，有人有议论。薛大娘说："他们一个有情，一个愿意，我只是拉拉纤，这是积德的事，有什么不好？"

薛大娘每天到保全堂来，和保全堂上上下下都很熟。保全堂的东家有一点很特别，他的店里不用本地人，从上到下：管事（经理）、"同事"（本地把店员叫"同事"）、"刀上"（切药）乃至挑水做饭的，全都是淮安人。这些淮安人一年有一个月假期，轮流回去，做传宗接代的事，其余十一个月吃住都在店里。他们一年要打十一个月的光棍。谁什么时候回家，什么时候假满回店，薛大娘了如指掌。她对他们很同情，有心给他们拉拉纤，找两个干女儿和他们认识，但是办不到。这些"同事"全都拉家带口，没有余钱可以做一点风流事。

保全堂调进一个新"管事"——老"管事"刘先生因病去世了，是从万全堂调过来的。保全堂、万全堂是一个东家。新"管事"姓吕，街上人都称之为吕先生，上了年纪的则称之为"吕三"——他行三，原是万全堂的"头柜"，因为人很志诚可靠，也精明能干，被东家看中，调过来了。按规矩，当了"管事",就有"身股",或称"人股",算是股东之一,年底可以分红,因此"管事"都很用心尽职。

也是缘分,薛大娘看到吕三,打心里喜欢他。吕三已经是"管事"了,但岁数并不大,才三十多岁。这样年轻就当了管事的,少有。"管事"大都是"板板六十四"的老头,"同事"、学生意的"相公"都对"管事"有点害怕。吕先生可不是这样,和店里的"同事"、来闲坐喝茶的街邻全都有说有笑,而且他说的话都很有趣。薛大娘爱听他说话,爱跟他说话,见了他就眉开眼笑。薛大娘对吕先生的喜爱毫不遮掩。她心里好像开了一朵花。

吕三也像药店的"同事""刀上",每年回家一次,平常住在店里。他一个人住在后柜的单间里。后柜里除了现金、账簿,还有一些贵重的药:犀牛角、鹿茸、高丽参、藏红花……

吕先生离开万全堂到保全堂来了,他还是万全堂的老人,有时有事要和万全堂的"管事"老苏先生商量商量,请教请教。从保全堂到万全堂,要经过臭河边,经过薛大娘的家。有时他们就做伴一起走。

有一次,薛大娘到了家门口,对吕三说:"你下午上我这儿来一趟。"

吕先生从万全堂办完事回来,到了薛家,薛大娘一把把他拉进了屋里。进了屋,薛大娘就解开上衣,让吕三摸她,随即把浑身衣服都脱了。

薛大娘的儿子已经二十岁,但是她好像第一次真正做了女人。

好事不出门,坏事传千里,薛大娘和吕三的事渐渐被人察觉,议论纷纷。薛大娘的老姊妹劝她不要再"偷"吕三,说:"你图个什么呢?"

"不图什么。我喜欢他。他一年打十一个月光棍,我让他快活快活——我也快活,这有什么不对?有什么不好?谁爱嚼舌头,让她们嚼去吧!"

薛大娘不爱穿鞋袜,除了下雪天,她都是赤脚穿草鞋,十个脚趾舒舒展展,无拘无束。她的脚总是洗得很干净。这是一双健康的,因而是很美的脚。

薛大娘身心都很健康。她的性格没有被扭曲、被压抑。舒舒展展,无拘无束。这是一个彻底解放的、自由的人。

晚年

> 这三个在一处一坐坐半天,彼此都不说话。既然不说话,为什么坐得挨得这样近呢?大概人总得有个伴,即使一句话也不说。

我们楼下随时有三个人坐着。他们都是住在这座楼里的。每天一早,吃罢早饭,他们各人提了马扎,来了。他们并没有约好,但是时间都差不多,前后差不了几分钟。他们在副食店墙根下坐下,挨得很近。坐到快中午了,回家吃饭。下午两点来钟,又来坐着,一直坐到副食店关门了,回家吃晚饭。只要不是刮大风,下雨,下雪,他们都在这里坐着。

一个是老佟。和我住一层楼,是近邻。有时在电梯口见着,也寒暄两句:"吃啦?""上街买菜?"解放前他在国民党一个什么机关当过小职员,解放后拉过几年排子车,早退休了。现在过得还可以。一个孙女已经读大学三年级了。他八十三岁了。他的相貌举止没有什么特别的地方。脑袋很圆,面色微黑,有几块很大的老人斑。眼色总是平静的。他除了坐着,有时也遛个小弯,提着他的马扎,一步一步,走得很慢。

一个是老辛。老辛的样子有点奇特。块头很大,肩背又宽又厚,身体结实如牛。脸色紫红紫红的。他的眉毛很浓,不是两道,而是两丛。他的头发、胡子都长得很快。刚剃了头没几天,就又是一头乌黑的头发,满腮乌黑的短胡子。好像他的眉毛也在不断往外长。他的眼珠子是乌黑的。他的神情很怪。坐得很直,脑袋稍向后仰,蹙着浓眉,双眼直视路上行人,嘴唇啜着,好像在往里用力地吸气。好像愤愤不平,又像藐视众生,看不惯一切,心里在想:你们是什么东西!我问过同楼住的街坊:他怎么总是这样的神情?街坊说:他就是这个样子!后来我听说他原来是在一个机关食堂煮猪头肉、猪蹄、猪下水的。那么他是不会怒视这个世界,蔑视谁的。他就是这个样子。他怎么会是这个样子呢?他脑子里在想什么?还是什么都不想?他岁数不大,六十刚刚出头,退休还不到两年。

一个是老许。他最大,八十七了。他面色苍黑,有几颗麻子,看不出有八十七了——看不出有多大年龄。这老头怪有意思。他有两串数珠——说"数珠"不大对,因为他并不信佛,也不"掐"它。一串是山核桃的,一串是山桃核的。有时他把两串都带下来,绕在腕子上。有时只带一串山桃核的,因为山核桃的太大，也沉。山桃核有年头了，已经叫他的腕子磨得很光润。他不时将他的数珠改装一次，拆散了，加几个原来是钉在小孩子帽子上的小银铃铛之类的东西，再穿好。有一次是加了十个算盘珠。过路人有的停下来看看他的数珠，他就把袖子向上提提，叫数珠露出更多。他两手戴了几个戒指，一看就是黄铜的，然而他告诉人是金的。他用一个钥匙链，一头拴在纽扣上，一头拖出来，塞在左边的上衣口袋里，就像早年间戴怀表一样。他自己感觉，这就是怀表。他在上衣口袋里插着两支塑料圆珠笔的空壳——是他的孙女用剩下的，一支白色的，一支粉红。我问老佟："他怎么爱搞这些？"老佟说："弄好些零碎！"他年轻时"跑"过"腿"，做过买卖。我很想跟他聊聊。问他话，他只是冲我笑笑。老佟说："他是个聋子。"

这三个在一处一坐坐半天，彼此都不说话。既然不说话，为什么坐得挨得这样近呢？大概人总得有个伴，即使一句话也不说。

老辛得过一次小中风，（他这样结实的身体怎么会中风呢？）但是没多少时候就好了。现在走起路来脚步还有一点沉。不过他原来脚步就很重。

老佟摔了一跤，骨折了，在家里躺着，起不来。因此在楼下坐着的，暂时只有两个人。不过老佟的骨折会好的，我想。

老许看样子还能活不少年。

傻子

亚运会期间,街道办事处把他捆起来,送进福利院关了几天。亚运会结束,又放了回来。傻八子为此愤愤不平:"捆我!"

　　这一带有好几个傻子。

　　一个是我们楼的傻八子。傻八子的妈生过八个孩子,他最小。傻八子两只小圆眼睛,鼻梁很低,几乎没有。他一天在人行道上走来走去,走得很慢,一步,一步,因为他很胖,肚子很大,走不快。他不停地自言自语。他妈说他爱"嘚啵"。我问他妈:"嘚啵什么?"——"电视,电视上听来的!"我注意听过,不知道说些什么,经常说的是:"你给我站住!……"似乎他的"嘚啵"是有个对象的。"嘚啵"几句,又呵呵地笑一阵。他还爱唱,没腔没调,没有字眼,声音像一张留声机的坏唱盘:"咦……啊……嘞……"他有时倒吸气发出母猪一样的声音,这一带的孩子把这种声音叫作"打猪吭"。他不是什么都不明白,一边"嘚啵"着,见了熟人,也打招呼:"回来啦!"——"报纸来啦!"熟人走过,接着"嘚啵"。

他大哥要把他送到福利院去——福利院是收容傻子的地方,他妈舍不得。

亚运会期间,街道办事处把他捆起来,送进福利院关了几天。亚运会结束,又放了回来。傻八子为此愤愤不平:"捆我!"

我问过傻八子:"你怎么不结婚?"傻八子用手指指他的太阳穴:"这儿,坏啦!"

附近有一个女傻子,喜欢上了傻八子,要嫁给他。傻八子妈不同意,说:"俩傻子,怎么弄!"

我们楼有个女的,是开发廊的,爱打扮,细长眼,涂眼影,画嘴唇,穿的衣服很"港"。有一天这女的要到传达室打电话,下台阶时,从傻八子旁边擦身而过,傻八子跟她不知呜噜呜噜说了句什么。我问女的:"他跟你说什么?"——"他说我没穿袜子。"我这才注意到女的趿了一双很精致的拖鞋。傻八子会注意好看的女人,注意到她的脚,他并不彻底地傻。

另一个傻子家在蒲黄榆拐角的胡同里,小个子,精瘦精瘦的,老是抱着肩膀匆匆忙忙地在这一带不停地走,嘴里也

"嘚啵",但是声音小,不像傻八子大声"嘚啵"。匆匆忙忙地走着,"嘚啵"着,一边吃吃地笑。

蒲安里有个小傻子,也就十五六岁,长得挺好玩,又白又胖。夏天,光着上身,一身白肉;圆滚滚的肚子上挂着一条极肥大的白裤衩,在粮店和副食店之间的空地上,甩着胳臂齐步走。见人就笑脸相迎,大声招呼:"你好!"——"你好!"

有一个傻子有四十岁了,穿得很整齐干净,他不"嘚啵",只是一脸的忧郁,在胡同口抱着胳臂,低头注视着地面,一动不动。

北京从前好像没有那么多傻子,现在为什么这样多?

炸弹和冰糖莲子

炸弹不大,不过炸弹带了尖锐哨音往下落,在土地上炸了一个坑,还是挺吓人的。然而郑智绵照样用汤匙搅他的冰糖莲子,神色不动。

我和郑智绵曾同住一个宿舍。我们的宿舍非常简陋,草顶、土墼墙;墙上开出一个一个方洞,安几根带皮的直立的木棍,便是窗户。睡的是双层木床,靠墙两边各放十张,一间宿舍可住四十人。我和郑智绵是邻居。我住三号床的下铺,他住五号床的上铺。他是广东人,他说的话我"识听唔识讲",我们很少交谈。他的脾气有些怪:一是痛恨京剧,二是不跑警报。

我那时爱唱京剧,而且唱的是青衣(我年轻时嗓子很好)。有爱唱京剧的同学带了胡琴到我的宿舍来,定了弦,拉了过门,我一张嘴,他就骂人:

"丢那妈!猫叫!"

那二年日本飞机三天两头来轰炸，一有警报，联大同学大都"跑警报"，从新校舍北门出去，到野地里待着，各干各的事，晒太阳、整理笔记、谈恋爱……直到"解除警报"拉响，才拍拍身上的草末，悠悠闲闲地往回走。"跑警报"有时时间相当长，得一两小时。郑智绵绝对不跑警报。他干什么呢？他留下来煮冰糖莲子。

广东人爱吃甜食，郑智绵是其尤甚者。金碧路有一家广东人开的甜食店，卖绿豆沙、芝麻糊、番薯糖水……番薯糖水有什么吃头？然而郑智绵说："好嘢！"不过他最爱吃的是冰糖莲子。

西南联大新校舍大图书馆西边有一座烧开水的炉子。一有警报，没有人来打开水，炉子的火口就闲了下来，郑智绵就用一个很大的白搪瓷漱口缸来煮莲子。莲子不易烂，不过到解除警报响了，他的莲子也就煨得差不多了。

一天，日本飞机在新校舍扔了一枚炸弹，离开水炉不远，就在郑智绵身边。炸弹不大，不过炸弹带了尖锐哨音往下落，在土地上炸了一个坑，还是挺吓人的。然而郑智绵照样用汤匙搅他的冰糖莲子，神色不动。到他吃完了莲子，洗了漱口缸，才到弹坑旁边看了看，捡起一个弹片（弹片还烫手），骂了一声：

"丢那妈！"

大妈们

谁家买了一套组合柜,谁家拉回来一堂沙发,哪儿买的、多少钱买的,她们都打听得很清楚。

我们楼里的大妈们都活得有滋有味,使这座楼增加了不少生气。

许大妈是许老头的老伴,比许老头小十几岁,身体挺好,没听说她有什么病。生病也只是伤风感冒,躺两天就好了。她有一根花椒木的拐杖,本色,很结实,但是很轻巧,一头有两个杈,像两个小犄角。她并不用它来拄着走路,而是用来扛菜。她每天到铁匠营农贸市场去买菜,装在一个蓝布兜里,把布兜的袢套在拐杖的小犄角上,扛着。她买的菜不多,多半是一把韭菜或一把茴香。走到刘家窑桥下,坐在一块石头上,把菜倒出来,择菜。择韭菜、择茴香。择完了,抖落抖落，把菜装进布兜，又用花椒木拐杖扛起来，往回走。她很和善，见人也打招呼，笑笑，但是不说话。她用拐杖扛菜，不是为了省劲，好像是为了好玩。到了家，过不大会儿，就听见她乒乒乓乓地剁菜。剁韭菜，剁茴香。她们家爱吃馅。

奚大妈是河南人，和传达室小邱是同乡，对小邱很关心，很照顾。她最放不下的一件事，是给小邱张罗个媳妇。小邱已经三十五岁，还没有结婚。她给小邱张罗过三个对象，都是河南人，是通过河南老乡关系间接认识的。第一个是奚大妈一个村的。事情已经谈妥，这女的已经在小邱床上睡了几个晚上。一天，不见了，跟在附近一个小旅馆里住着的几个跑买卖的山西人跑了。第二个在一个饭馆里当服务员。也谈得差不多了，女的说要回家问问哥哥的意见。小邱给她买了很多东西：衣服、料子、鞋、头巾……借了一辆平板三轮，装了半车，蹬车送她上火车站。不料一去再无音信。第三个也是在饭馆里当服务员的，长得很好看，高颧骨，大眼睛，身材也很苗条。就要办事了，才知道这女的是个"石女"。奚大妈叹了一口气："唉！这事闹的！"

江大妈人非常好，非常贤惠，非常勤快，非常爱干净。她家里真是一尘不染。她整天不断地擦、洗、掸、扫。她的衣着也非常干净，非常利索。裤线总是笔直的。她爱穿坎肩，铁灰色毛涤纶的,深咖啡色薄呢的,都熨熨帖帖。她很注意穿鞋,鞋的样子都很好。她的脚很秀气。她已经过六十了,近看脸上也有皱纹了,但远远一看,说是四十来岁也说得过去。她还能骑自行车,出去买东西,买菜,都是骑车去。看她跨上自行车,一踩脚蹬,哪儿像是已经有了四岁大的孙子的人哪!她平常也不大出门,老是不停地收拾屋子。她不是不爱理人,有时也和人聊聊天,说说这楼里的事,但语气很宽厚,不嚼老婆舌头。

顾大妈是个胖子。她并不胖得腮帮的肉都往下掉,只是腰围很粗。她并不步履蹒跚,只是走得很稳重,因为搬动她的身体并不很轻松。她面白微黄,眉毛很淡。头发稀疏,但是总是梳得很整齐服帖。她原来在一个单位当出纳,是干部。退休了,在本楼当家属委员会委员,也算是干部。家属委员会委员的任务是要换购粮本、副食本了,到各家敛了来,办完了,又给各家送回去。她的干部意识根深蒂固,总觉得自己不是一个家庭妇女。别的大妈也觉得她有架子,很少跟她过话。她爱和本楼的退休了的或尚未退休的女干部说话。说她自己的事。说她的儿女在单位很受器重;说她原来的领导很关心她,逢春节都要来看看她……

在这条街上任何一个店铺里,只要有人一学丁大妈雄赳赳气昂昂走路的神气，大家就知道这学的是谁，于是都哈哈大笑，一笑笑半天。丁大妈的走路，实在是少见。头昂着，胸挺得老高，大踏步前进，两只胳臂前后甩动，走得很快。她头发乌黑，梳得整齐。面色紫褐，发出铜光，脸上的纹路清楚，如同刻出的。除了步态，她还有一特别处：她穿的上衣，都是大襟的。料子是讲究的。夏天，派力司；春秋天，平绒；冬天，下雪，穿羽绒服。羽绒服没有大襟的。她为什么爱穿大襟上衣？这是习惯。她原是崇明岛的农民，吃过苦。现在苦尽甘来了。她把儿子拉扯大了。儿子、儿媳妇都在美国，按期给她寄钱。她现在一个人过，吃穿不愁。她很少自己做饭，都是到粮店买馒头，买烙饼，买面条。她有个外甥女，是个时装模特儿，常来看她，很漂亮。这外甥女，楼里很多人都认识。她和外甥女上电梯，有人招呼外甥女："你来了！"——"我每星期都来。"丁大妈说："来看我！"非常得意。丁大妈活得非常得意，因此她雄赳赳气昂昂。

罗大妈是个高个儿，水蛇腰。她走路也很快，但和丁大妈不一样：丁大妈大踏步，罗大妈步子小。丁大妈前后甩胳臂，罗大妈胳臂在小腹前左右摇。她每天"晨练"，走很长一段，扭着腰，摇着胳臂。罗大妈没牙，但是乍看看不出来，她的嘴很小，嘴唇很薄。她这个岁数——她也就是五十出头吧，不应该把牙都掉光了，想是牙有病，拔掉的。没牙，可是话很多，是个连片子嘴。

乔大妈一头银灰色的鬈发。天生的卷。气色很好。她活得兴致勃勃。她起得很早，每天到天坛公园"晨练"，打一趟太极拳，练一遍鹤翔功，遛一个大弯儿。然后顺便到法华寺菜市场买一提兜菜回来。她爱做饭，做北京"吃儿"。蒸素馅包子，炒疙瘩，摇棒子面嘎嘎……她对自己做的饭非常得意。"我蒸的包子，好吃极了！""我炒的疙瘩，好吃极了！""我摇的嘎嘎，好吃极了！"她间长不短去给她的孙子做一顿中午饭。她儿子儿媳妇不跟她一起住，单过。儿子儿媳是"双职工"，中午顾不上给孩子做饭。"老让孩子吃方便面，那哪儿成！"她爱养花，阳台上都是花。她从天坛东门买回来一大把芍药骨朵，深紫色的。"能开一个月！"

大妈们常在传达室外面院子里聚在一起闲聊天。院子里放着七八张小凳子、小椅子，她们就错错落落地分坐着。所聊的无非是一些家长里短。谁家买了一套组合柜，谁家拉回来一堂沙发，哪儿买的、多少钱买的，她们都打听得很清楚。谁家的孩子上"学前班"，老不去。"淘着哪！"谁家两口子吵架，又好啦，挎着胳臂上游乐园啦！乔其纱现在不时兴啦，现在兴"砂洗"……大妈们有一个好处，倒不搬弄是非。楼里有谁家结婚,大妈们早就在院里等着了。她们看扎着红彩绸的小汽车开进来,看放鞭炮,看新娘子从汽车里走出来,看年轻人往新娘子头发上撒金银色纸屑……

谭富英逸事

这个演员说:"我老了,翻不动了!"谭富英说:"对!人生三十古来稀,你是老了!"

谭富英有时很"逗",有意见不说,却用行动表示。他嫌谭小培给他的零花钱太少了,走到父亲跟前,摔了个硬抢背。谭小培明白,富英的意思是说:你给我的钱太少,我就摔你的儿子!五爷(谭小培行五,梨园行都称之为五爷)连忙说:"哎呀儿子!有话你说!有话说!别这样!"梨园行都说谭小培是个"有福之人"。谭鑫培活着时,他花老爷子的钱;老爷子死了,儿子富英唱红了,他把富英挣的钱全管起来,每月只给富英有数的零花。富英这一抢背,使他觉得对儿子克扣得太紧,是得给长长份儿。

有一年,在哈尔滨唱。第二天谭富英要唱的是重头戏,心里有负担，早早就上了床，可老睡不着。同去的有裘盛戎。他第二天的戏是一出"歇工戏"。盛戎晚上弄了好些人在屋里吃涮羊肉，猜拳对酒，喊叫喧哗，闹到半夜。谭富英这个烦呀！他站到当院唱了一句倒板："听谯楼打九更……""打九更"？大伙一愣，盛戎明白，意思是都这会儿了，你们还这么吵嚷！忙说："谭团长有意见了，咱们小点声，小点声！"

有一个演员，练功不使劲，谭富英看了摇头。这个演员说："我老了，翻不动了！"谭富英说："对！人生三十古来稀，你是老了！"

谭富英一辈子没少挣钱，但是生活清简。一天就是蜷在沙发里看书，看历史（据说他能把二十四史看下来，恐不可靠），看困了就打个盹，醒来接茬再看，一天不离开他那张沙发。他爱吃油炸的东西，炸油条、炸油饼、炸卷果，都欢喜（谭富英不说"喜欢"，而说"欢喜"）。爱吃鸡蛋，炒鸡蛋、煎荷包蛋、煮鸡蛋，都行。抗美援朝时，他到过朝鲜，部队首长问他们生活上有什么要求，他说想吃一碗蛋炒饭。那时朝鲜没有鸡蛋，部队派吉普车冒着炮火开到丹东，才弄到几个鸡蛋。为此，有人在"文革"中又提起这事。谭富英跟我小声说："我哪儿知道几个鸡蛋要冒这样的危险呀！知道，我就不吃了！"谭富英有个"三不主义"：不娶小、不收徒、不做官。他的为人,梨园行都知道。反党野心家江青对此也了解,但在"文革"中,她却要谭富英退党(谭富英是老党员了)。江青劝退,能够不退吗?谭富英把退党是很当回事的。他生性平和恬淡,宠辱不惊,那一阵可变得少言寡语,闷闷不乐,很久很久,都没有缓过来。

谭富英病重住院。他原有心脏病,这回大概还有其他病并发,已经报了"病危",服药注射,都不见效。谭富英知道给他开的都是进口药,很贵,就对医生说:"这药留给别人用吧!我用不着了!"终于与世长辞,死得很安静。

赞曰:

生老病死,全无所谓。

抱恨终生,无端"劝退"。

闹市闲民

> 他平平静静，没有大喜大忧，没有烦恼，无欲望亦无追求，天然恬淡……
> 这是一个活庄子。

我每天在西四倒101路公共汽车回甘家口。直对101站牌有一户人家。一间屋，一个老人。天天见面，很熟了。有时车老不来，老人就搬出一个马扎来："车还得会子，坐会儿。"

屋里陈设非常简单（除了大冬天，他的门总是开着），一张小方桌，一个方机凳，三个马扎，一张床，一目了然。

老人七十八岁了，看起来不像，顶多七十岁。气色很好。他经常戴一副老式的圆镜片的浅茶晶的养目镜——这副眼镜大概是他身上唯一值钱的东西。眼睛很大，一点没有混浊，眼角有深深的鱼尾纹。跟人说话时总带着一点笑意，眼神如一个天真的孩子。上唇留了一撮疏疏的胡子，花白了。他的人中很长，唇髭不短，但是遮不住他的微厚而柔软的上唇。——相书上说人中长者多长寿，信然。他的头发也花白了，向后梳得很整齐。他长年穿一套很宽大的蓝制服，天凉时套一件黑色粗毛线的很长的背心。圆口布鞋、草绿色线袜。

从攀谈中我大概知道了他的身世。他原来在一个中学当工友，早就退休了。他有家。有老伴。儿子在石景山钢铁厂当车间主任。孙子已经上初中了。老伴跟儿子，他不愿跟他们一起过，说是："乱！"他愿意一个人。他的女儿出嫁了。外孙也大了。儿子有时进城办事，来看看他，给他带两包点心，说会子话。儿媳妇、女儿隔几个月来给他拆洗拆洗被窝。平常，他和亲属很少来往。

他的生活非常简单。早起扫扫地，扫他那间小屋，扫门前的人行道。一天三顿饭。早点是干馒头就咸菜喝白开水。中午晚上吃面。一年三百六十五天，天天如此。他不上粮店买切面，自己做。抻条，或是拨鱼儿。他的拨鱼儿真是一绝。小锅里坐上水，用一根削细了的筷子把稀面顺着碗口"赶"进锅里。他拨的鱼儿不断，一碗拨鱼儿是一根，而且粗细如一。我为看他拨鱼儿，宁可误一趟车。我跟他说："你这拨鱼儿真是个手艺！"他说："没什么，早一点把面和上，多搅搅。"我学着他的法子回家拨鱼儿,结果成了一锅面糊糊疙瘩汤。他吃的面总是一个味!浇炸酱。黄酱,很少一点肉末。黄瓜丝、小萝卜,一概不要。白菜下来时,切几丝白菜,这就是"菜码儿"。他饭量不小,一顿半斤面。吃完面,喝一碗面汤(他不大喝水),涮涮碗,坐在门前的马扎上,抱着膝盖看街。

我有时带点新鲜菜蔬,青蛤、海蛎子、鳝鱼、冬笋、木耳菜,他总要过来看看:"这是什么?"我告诉他是什么,他摇摇头:"没吃过。南方人会吃。"他是不会想到吃这样的东西的。

他不种花,不养鸟,也很少遛弯儿。他的活动范围很小,除了上粮店买面,上副食店买酱,很少出门。

他一生经历了很多大事。远的不说。敌伪时期,吃混合面。傅作义。解放军进城,扭秧歌,"锵锵七锵七"。开国大典,放礼花。没完没了的各种运动。三年自然灾害,大家挨饿。"文化大革命"。"四人帮"。"四人帮"垮台⋯⋯

然而这些都与他无关,没有在他身上留下多少痕迹。他每天还是吃炸酱面——只要粮店还有白面卖,而且北京的粮价长期稳定——坐在门口马扎上看街。

他平平静静,没有大喜大忧,没有烦恼,无欲望亦无追求，天然恬淡，每天只是吃抻条面、拨鱼儿，抱膝闲看，带着笑意，用孩子一样天真的眼睛。

这是一个活庄子。

谋生

辑三

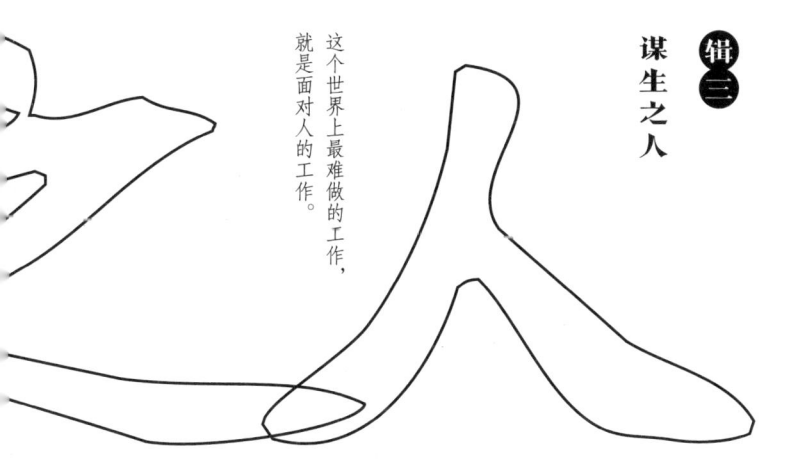

谋生之人

这个世界上最难做的工作,就是面对人的工作。

公共汽车

> 你知道，北京的公共汽车有多挤。在公共汽车上工作，这是对付人的工作，不是对付机器。

去年，在公共汽车上，我的孩子问我："小驴子有舅舅吗？"他在路上看到一只小驴子；他自己的舅舅前两天刚从桂林来，开了几天会，又走了。

今年，在公共汽车上，我的孩子告诉我："这是洒水车，这是载重汽车，这是老吊车……我会画大卡车。我们托儿所有个小朋友，他画得棒极了，他什么都会画，他……"

我的孩子跟我说了不止一次了："我长大了开公共汽车！"我想了一想，我没有意见。不过，这一来，每次上公共汽车，我就只好更得顺着他了。从前，一上公共汽车，我总是向后面看看，要是有座位，能坐一会儿也好嘛。他可不，一上来就往前面钻。钻到前面干什么呢?站在那里看司机叔叔开汽车。起先他问我为什么前面那个表旁边有两个扣子大的小灯,一个红的,一个黄的?为什么亮了——又慢慢地灭了?我以为他发生兴趣的也就是这两个小灯;后来,我发现并不是的,他对那两个小灯已经颇为冷淡了,但还是一样一上车就急忙往前面钻,站在那里看。我知道吸引住他的早就已经不是小红灯小黄灯,是人开汽车。我们曾经因为意见不同而发生过不愉快。有一两次因为我不很了解,没有尊重他的愿望,一上车就抱着他到后面去坐下了,及至发觉,则已经来不及了,前面已经堵得严严的,怎么也挤不过去了。于是他跟我吵了一路。"我说上前面,你定要到后面来!"——"你没有说呀!"——"我说了!我说了!"——他是没有说,不过他在心里是说了。"现在去也不行啦,这么多人!"——"刚才没有人!刚才没有人!"这以后,我就尊重他了,甭想再坐了。但是我"从思想里明确起来",则还在他宣布了他的志愿以后。从此,一上车,我就立刻往右拐,几乎已经成了本能,简直比他还积极。有时前面人多,我也带着他往前挤:"劳驾,劳驾,我们这孩子,唉!要看开汽车,喀……"

开公共汽车,这实在也不坏。

开公共汽车,这是一桩复杂的、艰巨的工作。开公共汽车，这不是开普通的汽车。你知道，北京的公共汽车有多挤。在公共汽车上工作，这是对付人的工作，不是对付机器。

在北京的公共汽车上工作的，开车的、售票的，绝大部分是一些有本事的、精干的人。我看过很多司机，很多售票员。有一些，确乎是不好的。我看过一个面色苍白的、萎弱的售票员，他几乎一早上出车时就打不起精神来。他含含糊糊地、口齿不清地报着站名，吃力地点着钱，划着票；眼睛看也不看，带着淡淡的怨气呻吟着："不下车的往后面走走，下面等车的人很多……"也有的司机，在车子到站，上客下客的时候就休息起来，或者看他手上的表，驾驶台后面的事他满不关心。但是我看过很多精力旺盛的、机敏灵活的、不疲倦的售票员。我看到过一个长着浅浅的兜腮胡子和一对乌黑的大眼睛的角色，他在最挤的一趟车快要到达终点站的时候还是声若洪钟。一副配在最大的演出会上报幕的真正漂亮的嗓子。大声地说了那么多话而能一点不声嘶力竭、气急败坏，这不只是个嗓子的问题。我看到过一个家伙，他每次都能在一定的地方，用一定的速度报告下车之后到什么地方该换乘什么车，他的声音是比较固定的，但是保持着自然的语调高低，咬字准确清楚，没有像有些售票员一样把许多字音吃了，并且因为把两个字音搭起来变成一种特殊的声调，没有变成一种过分职业化的有点油气的说白,没有把这个工作变成一种仅具形式的玩弄——而且,每一次他都是恰好把最后一句话说完,车也就到了站,他就在最后一个字的尾音里拉开了车门,顺势弹跳下车。我看见过一个总是高高兴兴而又精细认真的小伙子。那是夏天,他穿一件背心,已经完全汗湿了而且弄得颇有点污脏了,但是他还是笑嘻嘻的。我看见他很亲切地请一位乘客起来,让一位怀孕的女同志坐,而那位女同志不坐,说她再有两站就下车了。"坐两站也好嘛!"她竟然坚持不坐,于是他只好无可奈何地笑一笑;车上的人也都很同情他的笑,包括那位刚刚站起来的乘客,这个座位终于只是空着,尽管车上并不是不挤。车上的人这时想到的不是自己要不要坐下,而是想的另外一类的事情。有那样的售票员,在看见有孕妇、老人、孩子上车的时候也说一声:"劳驾来,给孕妇、抱小孩的让个座吧!"说完了他就不管了。甚至有的说过了还急忙离孕妇老人远一点,躲开抱着孩子的母亲向他看着的眼睛,他怕真给找起座位来麻烦,怕遇到蛮横的乘客惹起争吵,他没有诚心,在困难面前退却了。他不。对于他所提出的给孕妇、老人、孩子让座的请求是不会有人拒绝,不会不乐意的,因为他确是在关心着老人、孕妇和孩子,不只是履行职务,他是要想尽办法使他们安全,使他们比较舒适的，不只是说两句话。他找起座位来总是比较顺利，用不了多少时候，所以耽误不了别的事。这不是很奇怪吗？是的，了解一个人的品德并不很难，只要看看他的眼睛。我看见，在车里人比较少一点的时候，在他把票都卖完了的时候，他和一个学生模样的女孩子在闲谈，好像谈她的姨妈怎么怎么的，看起来，这女孩子是他一个邻居。而，当车快到站的时候，他立刻很自然地结束了谈话，扬声报告所到的站名和转乘车辆的路线，打开车门，稳健而灵活地跳下去。我看见，他的背心上印着字：一九五五年北京市公共汽车公司模范售票员；底下还有一个号码，很抱歉，我把它忘了。当时我是记住的，我以为我不会忘，可是我把它忘了。我对记数目字太没有本领了——是225？是不是？现在是六点一刻，他就要交班了。他到了家，洗一个澡，一定会换一身干干净净的、雪白的衬衫，还会去看一场电影。会的，他很愉快，他不感到十分疲倦。是和谁呢？是刚才车上那个女孩子吗？这小伙子有一副招人喜欢的体态：文雅。多么漂亮，多有出息的小伙子！祝你幸福……

我看到过一个司机。就是跟那个苍白的、疲乏的售票员在一辆车上的司机。这是一个沉默寡言的、冷静的人，有四十多岁，一张瘦瘦的黑黑的脸，脸上没有什么表情。这个人，车是开得好的；在路上遇到什么人乱跑或者前面的自行车把不住方向，情况颇为紧急时，从不大惊小怪，不使得一车的人都急忙伸出头来往外看，也不大声呵斥骑车行路的人。这个人，一到站，就站起来，转身向后，偶尔也伸出手来指点一下："那位穿蓝制服的，你要到西单才下车，请你往后走走。拿皮包的那位同志，请你偏过身子来，让这位老太太下车。车下有一个孕妇，坐专座的同志，请你站起来。往后走，往后走，后面还有地方，还可以再往后走。"很奇怪，车上的人就在他的这样的简单的、平淡的话的指挥之下，变得服服帖帖，很有秩序。他从来不呼吁，不请求，不道"劳驾"，不说："上下班的时候，人多，大家挤挤！""大礼拜六的，谁不想早点回家呀，挤挤，挤挤，多上一个好一个！""外边下着雨，互相多照顾照顾吧，都上来了最好！""上不来了！后边车就来啦！我不愿意多上几个呀！我愿意都上来才好哩，也得挤得下呀！"他不说这些！这个人身上有一种奇特的东西，那就是：坚定、自信。我看了看车上钉着的"公共汽车司机售票员守则"，有一条，是"负责疏导乘客"，"疏导"，这两个字是谁想出来的？这实在很好，这用在他身上是再恰当也没有了。于此可见，语言，是得要从生活里来的。我再看看"公约"，"公约"的第一条是："热爱乘客。"我想了想，像他这样,是"热爱"吗?我想,是的,是热爱,这样的冷静、坚定,也是热爱,正如同那 225 号的小伙子的开朗的笑容是热爱一样……

人,是有各色各样的人的。

……我的孩子长大了要开公共汽车,我没有意见。

风景

> 座上客人换了一批又一批,水饺不见来。我们总不能一直坐下去,叫他!"水饺呢?""没有水饺。""那你不早说?""我对不起你。"

一、堂倌

我从来没有吃过好坛子肉,我以为坛子里烧的肉根本没有什么道理。但我所以不喜欢上东福居倒不是因为不欣赏他们家的肉。年轻人而不能吃点肥肥的东西,大概要算是不正常的。在学校里吃包饭,过个十天半月,都有人要拖出一件衣服,挟两本书出去,换成钱,上馆子里补一下。一商量,大家都赞成东福居,因为东福居便宜,有"真正的肉"。可是我不赞成。不是闹别扭,坛子肉总是个肉,而且他们那儿的馒头真不小。我不赞成的原因是那儿的一个堂倌。自从我注意上这个堂倌之后，我就不想去。也许现在我之对坛子肉失去兴趣与那个堂倌多少有点关系。这我自己也闹不清。我那么一说，大家知道颇能体谅，以后就换了一家。

在馆子里吃东西而闹脾气是最无聊的事。人在吃的时候本已不能怎么好看，容易教人想起野兽和地狱。（我曾见过一个瞎子吃东西，可怕极了。他是"完全"看不见。幸好我们还有一双眼睛！）再加上吼啸，加上粗脖子红脸暴青筋，加上拍桌子打板凳，加上骂人，毫无学问地、不讲技巧地骂人，真是不堪入画。于是堂倌来了，"你啦你啦"赔笑脸。不行，赶紧，掌柜挪着碎步子（可怜他那双包在脚布里的八字脚），哈着腰，跟着客人骂："岂有此理，是，浑蛋，花钱是要吃对味的！"得，把先生武装带取下来，拧毛巾，送出大门，于是，大家做鬼脸，说两句俏皮话，泔水缸冒泡子，菜里没有"青香"了，聊以解嘲。这种种令人觉得生之悲哀。这，哪一家都有，我们见惯了，最多少吃半个馒头，然而，要是在饭馆里混一辈子？……

这个堂倌，他是个方脸，下颚很大，像削出来的。他剪平头，头发老是那么不长不短。他老穿一件白布短衫。天冷了，他也穿长的、深色的，冬天甚至他也穿得厚厚的。然而换来换去，他总是那个样子。他像是总穿一件衣裳，衣裳不能改变他什么。他衣裳总是干干净净——我真希望他能够脏一点。他绝不是自己对干干净净有兴趣。简直说，他对世界一切不感兴趣。他一定有个家的，我想他从不高兴抱抱他孩子。孩子他抱的，他太太让他抱，他就抱。馆子生意好，他进账不错。可是拿到钱他也不欢喜。他不抽烟，也不喝酒！他看到别人笑，别人丧气，他毫无表情。他身子大大的，肩膀阔，可是他透出一种说不出来的疲倦，一种深沉的疲倦。座上客人，花花绿绿，发亮的、闪光的、醉人的香、刺鼻的味，他都无动于衷。他眼睛空漠漠的，不看任何人。他在嘈乱之中来去，他不是走，是移动。他对他的客人，不是恨，也不轻蔑，他讨厌。连讨厌也没有了，好像教许多蚊子围了一夜的人，根本他不大在意了。他让我想起死！

"坛子肉。"

"唔。"

"小肚。"

"唔。"

"鸡丝拉皮，花生米辣白菜……"

"唔。"

"爆羊肚，糖醋里脊——"

"唔。"

"鸡血酸辣汤！"

"唔。"

说什么他都是那么一个平平的，不高、不低、不粗、不细、不带感情、不做一点装饰的"唔"。这个声音让我激动。我相信我不大忍得住了，我那个鸡血酸辣汤是狂叫出来的。结果怎么样？我们叫了水饺，他也"唔"，而等了半天（我不怕等，我吃饭常一边看书一边吃，毫不着急，今日我就带了书来的）。座上客人换了一批又一批，水饺不见来。我们总不能一直坐下去，叫他！

"水饺呢？"

"没有水饺。"

"那你不早说？"

"我对不起你。"

他方脸上一点不走样，眼睛里仍是空漠漠的。我有点抖，我充满一种莫名其妙的痛苦。

二、人

我在香港时全像一根落在泥水里的鸡毛。没有话说，我沾湿了，弄脏了，不成样子。忧郁，一种毫无意义的忧郁。

我一定非常丑,我脸上线条零乱芜杂,我动作萎靡鄙陋,我不跟人说话,我若一开口一定不知所云!我真不知道我怎么把自己糟蹋到这种地步。是的,我穷,我口袋里钱少得我要不时摸一摸它,我随时害怕万一摔了一跤把人家橱窗打破了怎么办……但我穷的不只是钱,我失去爱的阳光了。我整天蹲在一家老旧的栈房里,感情麻木,思想昏钝,揩揩这个天空吧,抽去电车轨,把这些招牌摘去,叫这些人走路从容些,请一批音乐家来教小贩唱歌,不要让他们直着脖子叫。而混浊的海水拍过来,拍过来。

绿的叶子,芋头,两颗芋头!居然在栈房屋顶平台上有两颗芋头。在一个角落里,一堆煤屑上,两颗芋头,摇着厚重深沉的叶子,我在香港第一次看见风。你知道我当时的感动。而因此,我想起,我们在德辅道中发现的那个人来。

在邮局大楼侧面地下室的窗穹下,他盘膝而坐,他用一点竹篾子编几只玩意儿,一只鸟、一个虾、一头蛤蟆。人来,人往,各种腿在他面前跨过去,一口痰唾落下来,嘎啦啦一个空罐头踢过去,他一根一根编缀,按部就班,不疾不缓。不论在工作,在休息,他脸上总透出一种深思,这种深思,已成习惯。我见过他吃饭,他一点一点摘一个淡面包吃,他吃得极慢,脸上还保持那种深思的神色,平静而和穆。

三、理发师

我有个长辈，每剪一次指甲，总好好地保存起来。我于是总怕他死。人死了，留下一堆指甲，多恶心的事！这种心理真是难于了解。人为什么对自己身上长出来的东西那么爱惜呢？也真是怪，说起鬼物来，尤其是书上，都有极长的指甲。这大概中外都差不多。同样也是长的，是头发。头发指甲之所以可怕，大概正因为是表示生命的（有人告诉我，死了之后指甲头发都还能长）。人大概隐隐中有一种对生命的恐惧。于是我想起自己的不爱理发。我一觉察我的思想要引到一个方向去，且将得到一个什么不通的结论，我就赶紧把它叫回来。没有那个事，我之不理发与生啊死的都无关系。

也不知是谁给理发店定了那么个特别标记，一根圆柱上画出红蓝白三色相间的旋纹。这给人一种眩晕感觉。若是通上电，不歇地转，那就更教人不舒服。这自然让你想起生活的纷扰来。但有一次我真教这东西给了我欢喜。一天晚上，铺子都关了，街上已断行人，路灯照着空荡荡的马路，而远远的一个理发店标记,在冷静之中孤零零地动。这一下子把你跟世界拉得很近,犹如大漠孤烟。理发店的标记与理发店是一个巧合。这个东西的来源如何,与其问一个社会人类学专家,不如请一个诗人把他的想象告诉我们。这个东西很能说明理发店的意义,不论哪一方面的。我大概不能住在木桶里晒太阳,我不想建议把天下理发店都取消。

理发这一行,大概由来颇久,是一种很古的职业。我颇欲知道他们的祖师是谁,打听迄今,尚未明白。他们的社会地位,本来似乎不大高。凡理发师,多世代相承,很少改业出头的。这是一种注定的卑微了。所以一到过年,他们门楣上多贴"顶上生涯"四字,这是一种消极反抗,也正宣说出他们的委屈。别的地方怎样的,我不清楚,我们那里理发师大都兼做吹鼓手。凡剃头人家子弟必先练习敲铜锣手鼓,跟在喜丧阵仗中走个几年,到会吹唢呐笛子时,剃头手艺也同时学成了。吹鼓手呢,更是一种供驱走人物了,是姑娘们所不愿嫁的。故乡童谣唱道:

姑娘姑娘真不丑,
一嫁嫁个吹鼓手:
吃人家饭,喝人家酒,

坐人家大门口！

其中"吃人家饭，喝人家酒"，也有唱为"吃冷饭，吃冷酒"的，我无从辨订到底该怎样的。且刻画各有尖刻辛酸，亦难以评其优劣，自然理发师（即吹鼓手）老婆总会娶到一个的，而且常常年轻好看。原因是理发师都干干净净，会打扮收拾；知音识曲，懂得风情；且因生活磨炼，脾性柔和；谨谨慎慎的，穿吃不会成大问题，聪明的女孩子愿意嫁这么一个男人的也有。并多能敬重丈夫，不以坐人家大门口为意。若在大街上听着他在队仗中滴溜溜吹得精熟出色，心里可能还极感激快慰。事实上这个职业被目为低贱，全是一个错误制度所产生的荒谬看法。一个职业，都有它的高贵。理发店的春联"走进来乌纱宰相，摇出去白面书生"，文雅一点的则是"不教白发催人老，更喜春风满面生"，说得切当。小时候我极高兴到一个理发店里坐坐，他们忙碌时我还为拉那种纸糊的风扇。小时候我对理发店是喜欢的。

等我岁数稍大，世界变了，各种行业也跟着变。社会已不复是原来的社会。差异虽不太大，亦不为小。其间有些行业升腾了，有些低落下来。有些名目虽一般，性质却已改换。始终依父兄门风、师傅传授，照老法子工作，老法子生活的，大概已颇不多。一个内地小城中也只有铜匠的、锡匠的特别响器，瞎子的铛，阉鸡阉猪人的糖锣，带给人一分悠远从容感觉。走在路上，间或也能见一个钉碗的，吱咕吱咕拉他的金刚钻；一个补锅的，用一个布卷在灰上一揉，托起一小勺殷红的熔铁，嗤的一声焊在一口三眼灶大黑锅上；一个皮匠，把刀在他的脑后头发桩子上光一光，这可以让你看半天。你看他们工作，也看他们人。他们是一种"遗民"，永远固执而沉默地慢慢地走，让你觉得许多事情值得深思。这好像扯得有点嫌远了。我只是想变动得失于调节，是不是一个问题。自然医治失调症的药，也只有继续听他变。这问题不简单，不是我们这个常识脑子弄得清楚的。遗憾的是，卷在那个波浪里，似乎所有理发师都变了气质，即使在小城里，理发师早已不是那种谦抑的，带一点悲哀的人物了。理发店也不复是笼布温和的，在黄昏中照着一块阳光的地方了。这见仁见智，不妨各有看法。而我私人有时是颇为不甘心的。

　　现在的理发师，虽仍是老理发师后代，但这个职业已经"革新"过了。现在的理发业，跟那个特别标记一样是外国来的。这些理发店与"摩登"这个名词不可分，且俨然是构成"摩登"的一部分，是"摩登"本身。在一个都市里，他们的势力很大，他们可以随便教整个都市改观，只要在那里多绕一个圈子，把那里的一卷翻得更高些。嘻，理发店里玩意儿真多，日新月异，愈出愈奇。这些东西，不但形状不凡，发出来的声音也十分复杂，营营扎扎，呜呜啦啦。前前后后，镜子一层又一层反射，愈益加重其紧张与一种恐怖。许多摩登人坐在里面，或搔首弄姿，顾盼自怜，越看越美；或小不如意，怒形于色，脸色铁青；焦躁，疲倦，不安，装模作样。理发师呢，把两个嘴角向上拉，拉，唉，不行，又落下去了！他四处找剪子，找呀找，剪子明明在手边小几上，他可茫茫然，已经忘记他找的是什么东西了，这时他不像个理发师。而忽然醒来了，操起剪子咔嚓咔嚓动作起来。他面前一个一个头，这个头有几根白发，那个秃了一块，嗨，这光得像个枣核儿，那一个，怎么回事，他像是才理了出去的？咔嚓咔嚓，他耍着剪子，忽然，他停住了，他努目而看着那个头，且用手拨弄拨弄，仿佛那个头上有个大蚂蚁窝，成千成万蚂蚁爬出来！

于是我总不大愿意上理发店。但还不是真正原因。怕上理发店是"逃避现实"，逃避现实不好。我相信我神经还不衰弱，很可以"面对"。而且你不见我还能在理发店里看风景吗？我至少比那些理发师耐得住。不想理发的最大原因，真正原因，是他们不会理发，理得不好。我有时落落拓拓，容易为人误认为是一个不爱惜自己形容的人，实在我可比许多人更讲究。这些理发师既不能发挥自己才能，运巧思；也不善利用材料，不爱我的头。他们只是一种器具使用者，而我们的头便不论生张熟李，弄成一式一样，完全机器出品。一经理发，回来照照镜子，我已不复是我，认不得自己了，镜子里是一个浮滑恶俗的人。每一次，我都愤恼十分，心里充满诅咒，到稍稍平息时，觉得我当初实在应当学理发去，我可以做得很好，至少比我写文章有把握得多。不过假使我真是理发师……会有人来理发，我会为他们理发？

人不可以太倔强，活在世界上，一方面须要认真，有时候只能无所谓。悲哉。所以我常常妥协，随便一个什么理发店，钻进去就是。理发师问我这个那个，我只说："随你！"忍心把一个头交给他了。

我一生有一次理了一个极好的发。在昆明一个小理发店。店里有五个座位，师傅只有一个。不是时候，别的出去了。这师傅相貌极好。他的手艺与任何人相似，也与任何人有不同处：每一剪子都有说不出来的好处，不夸张（这是一般理发师习气），不苟且（这是一般理发师根性），真是奏刀騞然，音节轻快悦耳。他自己也流溢一种得意快乐。我心想，这是个天才。那是一个秋天，理发店窗前一盆蟹爪菊花，黄灿灿的。好天气。

小芳

她自杀过一次，喝农药，被发现了，送到木田医院里救活了。中国农村妇女自杀，过去多是投河、上吊，自从有了农药，喝农药的多，这比较省事。

小芳在我们家当过一个时期保姆，看我的孙女卉卉。从卉卉三个月一直看她到两岁零八个月进幼儿园日托。

小芳是安徽无为人。无为木田镇程家湾。无为是个穷县，地少人多。地势低，种水稻油菜。平常年月，打的粮食勉强够吃。地方常闹水灾。往往油菜正在开花，满地金黄，一场大水，全都完了。因此无为人出外谋生的很多。年轻女孩子多出来当保姆。北京人所说的"安徽小保姆"，多一半是无为人。她们大都沾点亲。即或是不沾亲带故，一说起是无为哪里哪里的，也很快就熟了。亲不亲，故乡人。她们互通声气，互相照应，常有来往。有时十个八个，约齐了同一天休息（保姆一般两星期休息一次），结伴去逛北海，逛颐和园；逛大栅栏，逛百货大楼。她们很快就学会了说北京话，但在一起时都还是说无为话，叽叽呱呱，非常热闹。小芳到北京，是来找她的妹妹的。妹妹小华头年先到的北京。

小芳离家仓促，也没有和妹妹打个电报。妹妹接到她托别人写来的信，知道她要来，但不知道是哪一天，不知道车次、时间，没法去接她。小芳拿着妹妹的地址，一点办法没有。问人，人不知道。北京那么大，上哪儿找去？小芳在北京站住了一夜。后来是一个解放军战士把她带到妹妹所在那家的胡同。小华正出来倒垃圾，一看姐姐的样子，抱着姐姐就哭了。小华的"主家"人很好，说："叫你姐姐先洗洗，吃点东西。"

小芳先在一家待了三个月，伺候一个瘫痪的老太太。老太太倒是很喜欢她。有一次小芳把碱面当成白糖放进牛奶里，老太太也并未生气。小芳不愿意伺候病人，经过辗转介绍，就由她妹妹带到了我们家，一待就待了下来。这么长的时间，关系一直很好。

小芳长得相当好看，高个儿，长腿，眉眼都不粗俗。她曾经在木田的照相馆照过一张相，照相馆放大了，陈列在橱窗里。她父亲看见了，大为生气："我的女儿怎么可以放在这里让大家看！"经过严肃的交涉，照相馆终于同意把照片取了下来。

小芳很聪明，她的耳音特别好，记性也好，不论什么歌、戏，她听一两遍就能唱下来，而且唱得很准，不走调。这真是难得的天赋。她会唱庐剧。庐剧是无为一带流行的地方戏。我问过小华："你姐姐是怎么学会庐剧的？"——"村里的广播喇叭每天在报告新闻之后，总要放几段庐剧唱片，她听听，就会了。"木田镇有个庐剧团，小芳去考过。团长看她身材、长相、嗓音都好，可惜没有文化——小芳一共只念过四年书，也不识谱，但想进了团可以补习，就录取了她。小芳还在庐剧团唱过几出戏。她父亲知道了，坚决不同意，硬逼着小芳回了家。木田的庐剧团后来改成了县剧团，小芳的父亲有点后悔，因为到了县剧团就可以由农村户口转为城市户口，吃商品粮。小芳如果进了县剧团，她一生的命运就会有很大的不同，她是很可能唱红了的。庐剧的曲调曲折婉转，如泣如诉。她在老太太家时，有时一个人小声地唱，老太太家里人问她："小芳，你哭啦？"——"我没哭，我在唱。"

小芳在我们家干的活不算重。做饭，洗大件的衣裳，这些都不要她管。她的任务就是看卉卉。小芳看卉卉很精心。卉卉的妈读研究生，住校，一个星期才回来一次，卉卉就全交给小芳了。城市育儿的一套，小芳都掌握了。按时给卉卉喝牛奶，吃水果，洗澡，换衣裳。每天上午，抱卉卉到楼下去玩。卉卉小时候长得很好玩，很结实，胖乎乎的，头发很浓，皮肤白嫩，两只大眼睛，谁见了都喜欢，都想抱抱。小芳于是很骄傲，小芳老是贬低别人家的孩子："难看死了！"好像天底下就是她的卉卉最好。卉卉稍大一点，小芳就带她到附近一个工地去玩沙土，摘喇叭花、狗尾巴草。每天还一定带卉卉到隔壁一个小学的操场上去拉一泡屎。拉完了，抱起卉卉就跑，怕被学校老师看见。上了楼，一进门："喝水！洗手！"卉卉洗手，洗她的小手绢，小芳就给卉卉做饭：蒸鸡蛋羹、青菜剁碎了加肝泥或肉末煮麦片、西红柿面条。小芳还爱给卉卉包饺子，一点点大的小饺子。

下午，卉卉睡一个很长的午觉，小芳就在一边整理卉卉的衣裳，缀缀线头松动的扣子，在绽开的衣缝上缝两针，一面轻轻地哼着庐剧。到后来为自己的歌声所催眠，她也困了，就靠在枕头上睡着了。

晚上，抱着卉卉看电视。小芳爱看电视连续剧、电影、地方戏。卉卉看动画片，看广告。卉卉看到电视里有什么新鲜东西，童装、玩具、巧克力，就说："我还没有这个呢！"她认为凡是她还没有的东西，她都应该有。有一次电视里有一盘大苹果,她要吃。小芳跟她解释:"这拿不出来。"卉卉于是大哭。

卉卉有很多衣裳——她小姑,我的二女儿,就爱给她买衣裳、很多玩具。小芳有时给她收拾衣服、玩具,会发出感慨:"卉卉的命好——我的命不好。"

小芳教卉卉唱了很多歌:

大海呀大海,
是我生长的地方……

没有花香,没有树高,
我是一棵无人知道的小草……

小芳唱这些歌,都带有一点忧郁的味道。

她还教卉卉念了不少歌谣。这些歌谣大概是她小时候念过的,不过她把无为字音都改成了北京字音。

老奶奶,真古怪,
躺在牙床不起来。
儿子给她买点肉,

媳妇给她打点酒,

摸不着鞋,摸不着裤,

套——狗——头!

老头子,

上山抓猴子,

猴子一蹦,

老头没用!

我有时跟卉卉起哄,就说:"猴子没蹦,老头有用!"卉卉大叫:"老头没用!"我只好承认:"好好好,老头没用!"

我的大女儿有一次带了她的女儿芃芃来,她一般都是两个星期来一次。天热,孩子要洗澡,卉卉和芃芃一起洗。澡盆里放了水,让她们自己在水里先玩一会儿。芃芃把卉卉咬了三口,卉卉大哭。咬得很重,三个通红的牙印。芃芃小,小芳不好说她什么,我的大女儿在一边,小芳也不好说她什么,就对卉卉的妈大发脾气:"就是你!你干吗不好好看着她!"卉卉的妈只好苦笑。她在心里很感激小芳,卉卉被咬成这样,小芳心疼。

有一次,小芳在厨房里洗衣裳,卉卉一个人在屋里玩。

她不知怎么把门划上了,自己不会开,出不来,就在屋里大哭。小芳进不去,在门外也大哭,一面说:"卉卉!卉卉!别怕!别怕!"后来是一个搞建筑的邻居,拿了斧子凿子,在门上凿了一个洞。小芳把手从洞里伸进去,卉卉一把拽住不放。门开了,卉卉扑在小芳怀里。小芳身上的肉还在跳。门上的这个圆洞,现在还在。

卉卉跟阿姨很亲,有时很懂事。小芳有经痛病,每个月总要有两天躺着,卉卉就一个人在小床里玩洋娃娃,玩积木,不要阿姨抱,也不吵着要下楼。小华每个月要给小芳送益母草膏、当归丸。卉卉都记住了。小华一来,卉卉就问她:"你是给小芳阿姨送益母草膏来了吗?"她的洋娃娃病了,她就说:"吃一点益母草膏吧!吃一点当归丸吧!"但卉卉有时乱发脾气,无理取闹。她叫小芳:"站到窗户台上去!"

小芳看看窗户台:"窗户台这么窄,我站不上去呀!"

"站到床栏杆上去!"

"这怎么站呀!"

"坐到暖气上去!"

"烫!"

"到厨房待着去!"

小芳于是委委屈屈地到厨房里去站着。

过了一会儿,卉卉又非常亲热地喊:"阿姨!小芳阿姨!"小芳于是高高兴兴地回到她们俩所住的屋里。

一个两岁的孩子为什么会有这种古怪的恶作剧的念头呢?这在幼儿心理学上怎么解释?

小芳送卉卉上幼儿园。她拿脚顶着教室的门,不让老师关,她要看卉卉。卉卉全不理会,头也不回,噌噌噌噌,走近她自己的小板凳,坐下了。小芳一个人回来。她的心里空了一块。

小芳的命是不好。她才六个月,就由奶奶做主,许给了她的姨表哥李德树。她从小就不喜欢李德树,越大越不喜欢。李德树相貌猥琐。他生过瘌痢,头顶上有一块很大的秃疤,亮光光的,小芳看见他就讨厌。李德树的家境原来比小芳家要好些,但是他好赌,程家湾、木田的赌场只要开了,总会有他。赌得只剩下三间土房。他不务正业,田里的草长得老高。这人是个二流子,常常做出丢脸的事。

小芳十五岁的时候就常一个人到山上去哭。天黑了,她妈妈在山下叫她,她不答应。她告诉我们,她那时什么也不怕,狼也不怕。她自杀过一次,喝农药,被发现了,送到木田医院里救活了。中国农村妇女自杀,过去多是投河、上吊,自从有了农药,喝农药的多,这比较省事。乡镇医院对急救农药中毒大都很有经验了。她后来在枕头下面藏了两小瓶敌敌畏,小华知道。小华和姐姐睡一床,随时监视着她。有一次,小芳到村外大河去投水,她妹妹拼命地追上了她,抱着她的腿。小芳揪住妹妹头发,往石头上碰,叫她撒手。小华的头被磕破了,满脸是血,就是不撒手:"姐!我不能让你去死!你嫁过去,好赖也是活着,死了就什么也没有了!"

小芳到底还是和李德树结婚了。领结婚证那天,小芳自己都没去,是她父亲代办的。表兄妹是不能结婚的,近亲结婚是法律不允许的。这个道理,小芳的奶奶当然不知道,她认为这是亲上做亲。小芳的父亲也不知道。小芳自己是到了我们家之后,我的老伴告诉她,她才知道的。办理结婚登记手续的村干部应该知道,何况本人并未到场,怎么可以就把结婚证发给他们呢?

李德树跟邻居借了几件家具,把三间土房布置一下,就算办了事。小芳和李德树并未同房。李德树知道她身上揣着敌敌畏,也不敢对她怎么样。

小芳一天也过不下去,就天天回家哭。哭得父亲心也软了。小华后来对我们说:"究竟是亲骨肉呀。"父亲说:"那你走吧。不要从家里走。李德树要来要人。"小芳乘李德树出去赌钱,收拾了一点东西,从木田坐汽车到合肥,又从合肥坐火车到了北京。她实际上是逃出来的。

小芳在我们家待了一些时,家乡有人来,告诉小芳,李德树被抓起来了。他和另外四个痞子合伙偷了人家一头牛,杀了吃了,人家告到公安局,公安局把他抓进去了。小芳很高兴,她希望他永远不要放出来。这怎么可能呢?偷牛,判不了无期。

李德树到北京来了!他要小芳跟他回去。他先找到小华,小华打了个电话给小芳。李德树有我们家的地址,他找到了,不敢上来,就在楼下转。小芳下了楼,对他说:"你来干什么?我不能跟你回去!"楼下有几个小保姆,知道小芳的事,就围住李德树,把他骂了一顿:"你还想娶小芳!瞧你那德行!""你快走吧!一会儿公安局就来人抓你!"李德树竟然叫她们轰走了。

过些日子,小芳的父亲来信,叫小芳快回来,李德树扬言,要烧他们家的房子,杀她的弟弟,她妈带着她弟弟躲进了山里。小芳于是下决心回去一趟。小芳这回有了主见了,她在北京就给木田法院写了一封信,请求离婚,并寄去离婚诉讼所需费用。

小芳在合肥要下火车,车进站时,她发现李德树在站上等着她。小芳穿了一件玫瑰红人造革的短大衣,半高跟皮鞋，戴起墨镜，大摇大摆从李德树面前走过，李德树竟没认出来！

小芳坐上往木田的汽车一直回到家里。

李德树伙同几个朋友，就是和他一同偷牛的几个痞子，半夜里把小芳抢了出来。小芳两手抱着一棵树，大声喊叫："卉卉！卉卉！"——喊卉卉干什么？卉卉能救你吗？

李德树让他的嫂子看着小芳。嫂子很同情小芳。小芳对嫂子说："我想到木田去洗个澡。"嫂子说："去吧。"小芳到了木田，跑到法院去吵了一顿："你们收了我的钱，为什么不给我办离婚？"法院不理她。小芳就从木田到合肥坐火车到北京来了。

我们有个亲戚在安徽，和省妇联的一个负责干部很熟。我们把小芳的情况给那亲戚写了一封信，那位亲戚和妇联的同志反映了一下，恰好这位同志要到无为视察工作，向木田法院问及小芳的问题。法院只好受理小芳的案子，判离，但要小芳付给李德树九百块钱。

小芳的父亲拿出一点钱，小芳拿出她的全部积蓄，小华又帮她借了一点钱，陆续偿给了李德树，小芳自由了。

李德树拿了九百块钱，很快就输光了。

小芳离开我们家后，到一家个体户的糖果糕点厂去做糖果,在丰台。糕点厂有个小胡,是小芳的同乡,每天蹬平板三轮到市里给各家送货。小芳有一天去看妹妹,带了小胡一起去。小华心里想:她怎么把一个男的带到我这里来了!是不是他们好了?看姐姐的眼睛,就是的,悄悄地问:"你们是不是好了?"姐姐笑了。小华拿眼看了看小胡,说:"太矮了!"小芳说:"矮一点有什么关系,要那么高干什么!"据小华说:"我姐喜欢他有文化。小胡读过初中。她自己没有文化,特别喜欢有文化的人。"

还得小胡回去托人到小芳家说媒。私订终身是不兴的。小胡先走两天,小芳接着也回了家。

到了家,她妈对她说:"你明天去看看三舅妈,你好久没看见她了,她想你。"小芳想,也是,就提了一包糕点厂的点心去了。

去了,才知道,哪儿是三舅妈想她呀,是叫她去让人相亲。程家湾出了个万元户。这人是靠倒卖衣裳发财的。从福建石狮贩了衣服,拆掉原来的商标,换上假名牌。一百元买进,三百元卖出。这位倒爷对小芳很中意,说小芳嫁给他,小芳家的生活他包了,还可供她弟弟上学。小芳说:"他就是亿万富翁,我也不嫁给他!"她妈说:"小胡家穷,只有三间土房。"小芳说:"穷就穷点,只要人好!"

小芳和小胡结了婚，一年后生了个女儿，取名也叫卉卉。

我们的卉卉有很多穿过的衣裳，留着也没有用，卉卉的妈就给小芳寄去，寄了不止一次。小芳让她的卉卉穿了寄去的衣裳照了一张相寄了来。小芳的卉卉像小芳。

家里过不下去，小芳两口子还得上北京来，那家糖果糕点厂还愿意要他们。

小芳带了小胡上我们家来。小胡是矮了一点。其实也不算太矮，只是因为小芳高，显得他矮了。小胡的样子很清秀，人很文静，像个知识分子。小芳可是又黑又瘦，瘦得颧骨都凸出来了，神情很憔悴。卉卉已经上幼儿园大班，不怎么记得小芳了，问小芳："你就是带过我的那个阿姨吗？"小芳一把把她抱了起来，卉卉就黏在小芳身上不下来。

不到一年，小芳又回去了，她想她的女儿。

过不久，小胡也回去了，家里的责任田得有人种。

小芳小产了两次。医生警告她："你不能再生了，再生就有危险！"小芳从小身体就不好。小芳说："我一定要给他们家留一条根！"小芳终于生了一个儿子。小华说："这孩子是他们家的一条龙！"

小芳一直很想卉卉。她来信要卉卉的照片，卉卉的妈不断给她寄去。她要卉卉的录音，卉卉的妈给她录了一盘卉卉唱歌讲故事的磁带。卉卉的妈叫卉卉跟小芳说几句话。卉卉扭扭捏捏地说:"说什么呀?"——"随便!随便说几句!"卉卉想了想,说:

"小芳阿姨,你好吗?我很想你,我记得你很多事。"

听小华说,小芳现在生活很苦,有时连盐都没有。没盐了,小胡就拿了网,打一二斤鱼,到木田卖了,买点盐。

我问小华:"小芳现在就是一心只想把两个孩子拉扯大了?"

小华说:"就是。"

小芳现在还唱庐剧吗?

可能还会唱,在她哄孩子睡觉的时候。

猴王的罗曼史

"猴王是不是要照顾家属的生活?"——"那不,各人自己生活。它儿子吃的东西,它也要抢!"

在索溪峪,陪我游山的老万说:"有一个姓吴的老人,通猴语,会唱猴歌。他一唱猴歌,能把山里的野猴子引下来。"我们去找他。他住在一个山窝窝里,有几间房子,我们去的时候,他没有在。那几间房子对面的平地上有一个很大的铁条笼子,笼子里外都是猴子。有三个青年工人正跟猴子玩,给它们吃葵花子。猴子一点不怕人,它们拉人的胳臂,爬上人的肩膀,三四个猴子一同挤在人的怀里……这三个青年工人和猴子拍了好多张照片。人很高兴,猴子也很高兴。

只有一只猴子,独自蹲在一边,神情很阴郁,像一个哲学家。

吴老人回来了。老万问他是不是会唱猴歌，他不置可否，只含糊地说："猴歌哇？……"他倒是蹲在铁笼前面和我们闲聊了半天。他说他五代都在山里抓猴子，对猴子是很熟悉的。

他说，猴有猴群。大猴群有一百多只，小的也有二三十只。猴群有王。猴王是打出来的。谁都打它不赢，它就是猴王。猴王一来，所有的猴子都让出一条路来，让猴王走。有大王，还有二王、三王——一把手、二把手、三把手。猴王老了，打不赢别的公猴，就退休。猴子是"群婚制"，名义上，猴群里的母猴子都是猴王的老婆——它的姬妾；但是猴王有一个大老婆——正宫娘娘，猴后。别的母猴子"乱搞男女关系"，只要不当着猴王的面，猴王也就睁一只眼闭一只眼。大老婆可不行！

老吴说，这个猴群的一只母猴子，原是猴王的大老婆，就是因为和别的公猴子乱搞，被猴王赶出去的。这个猴皇后跑到山里住了一年半，和另一个猴群的二王结了婚，生了一个小猴子。后来，这个猴群的大王死了，母猴回来看了看，就把那位二王引了来，当了这个猴群的大王——招婿上门。

我们向笼子里看了看，问："是不是这一只是猴王？"老吴说："是的。"猴王是一眼就看得出来的：它比别的猴子要魁梧壮实得多，毛也长，有光泽，颜色金黄。猴王的面相也有点特别。猴子一般都是尖下颏，它的下颏却是方的。双目炯炯，很威严，确实有点王者气象。

老吴说："猴话"有五十几种——能发出五十几种不同的声音。这些声音表达不同的意思。当然，严格地讲，这不能叫作"话"，因为还不能构成句子。但是五十几种意思，也够丰富的了。

老吴在跟我们谈话时，猴王四脚着地站在笼边听着，接连发出吭吭的声音。我问老吴："它说什么？"老吴说："它讲我们在讲它。"猴王又吭吭了两声，表示正是这个意思。

我问猴王管什么事。"两个猴子吵架，它要管咧。它一吼，吵架的猴子就不作声了。""猴王是不是要照顾家属的生活？"——"那不，各人自己生活。它儿子吃的东西，它也要抢！"

我们问猴子能活多久，老吴说跟人差不多。猴王有三十多岁了。那一只——就是像一个哲学家的，是个母猴子，已经六十多岁。因为老了，别的猴子欺负它，它抢不到吃的，所以很瘦，毛也脱了很多。

那三个青年工人走了。猴王、猴后并肩蹲在高处，吭吭地高叫。我问老吴："这是什么意思？"——"它讲：'你们走啦？'"青年工人走了一段路，猴王、猴后又吭吭了两声。老吴说:"它说:'慢慢走!'"

老万和我有点不大相信。不料,我们走的时候,猴王、猴后同样并肩恭送。"吭吭吭吭"——"你们走啦?"——"吭吭……"——"慢慢走!"咦!

老吴名吴愈财,岁数并不大,五十多岁吧。他只有一只胳臂。那一只胳臂因为在山里打猎,猎枪走火伤了。

我们建议他把"猴语"录下音来,由他加以解释。他说管理处的小张已经录了一套。

静融法师

> 静融走上去，左右开弓打了富农两个大嘴巴，说："埋了！"我问静融："为什么要打他两个嘴巴？"他说："这是法医验尸的规矩。"

  我有一方很好的图章，田黄"都灵坑"，犀牛纽，是一个和尚送给我的。印文也是他自刻的，朱文，温雅似浙派，刻得很不错（田黄的印不宜刻得太"野"，和石质不相称）。这个和尚法名静融，1951年和我一同到江西参加土改，回北京后，送了我这块图章。章不大，约半寸见方（田黄大的很少），我每为人作小幅字画，常押用，算来已经三十七八年了。

  这次土改是全国性的，也是最后的一次，规模很大。我们那个土改工作团分到江西进贤。这个团的成员什么样的人都有。有大学教授、小学校长、中学教员、商业局的、园林局的、歌剧院的演员、教会医院的医生和护士长，还有这位静融法师。浩浩荡荡，热热闹闹。

我和静融第一次有较深的接触，是说服他改装。他参加工作团时穿的是僧衣——比普通棉袄略长的灰色斜领棉衲。到了进贤，在县委学文件，领导上觉得他穿了这样的服装下去，影响不好，决定让他换装。静融不同意，很固执。找他谈了几次话，都没用。后来大家建议我找他谈谈，说是他跟我似乎很谈得来。我不知道跟他说了一通什么把马列主义和佛教教义混杂起来的歪道理，居然把他说服了。其实不是我的歪道理说服了他，而是我的态度较好，劝他一时从权，不像别的同志，用"组织性""纪律性"来压他。静融临时买了一套蓝卡其布的干部服，换上了。

我们的小组分到王家梁。一进村，就遇到一个难题：一个恶霸富农自杀了。这个地方去年曾经搞过一次自发性的土改，这个恶霸富农被农民打得残废了，躺在床上一年多，听说土改队进了村，他害怕斗争，自杀了。他自杀的办法很特别，用一根扎腿的腿带，拴在竹床的栏杆上，勒住脖子，躺着，死了。我还没有听说过人躺着也是可以吊死的。我们对这种事毫无经验，不知应该怎么办。静融走上去，左右开弓打了富农两个大嘴巴，说："埋了！"我问静融："为什么要打他两个嘴巴？"他说："这是法医验尸的规矩。"原来他当过法医。

静融跟我谈起过他的身世。他是胶东人。除了当过法医，他还教过小学，抗日战争时期拉过一支游击队，后来出了家。在北京，他住在动物园后面的一个庙里（是五塔寺吗？）。北京解放，和尚都要从事生产。他组织了一个棉服厂，主办一切。这人的生活经历是颇为复杂的。可惜土改工作紧张，能够闲谈的时候不多，我所知者，仅仅是这些。

静融搞土改是很积极的。我实在不知道他是怎样把阶级斗争和慈悲为本结合起来的，他的社会经验多，处理许多问题都比我们有办法。比如算剥削账，就比我们算得快。

我一直以为回北京后能有机会找他谈谈，竟然无此缘分。他刻了一方图章，到我家来，亲自送给我，未接数言，匆匆别去。我后来一直没有再看到过他。

静融瘦瘦小小，但颇精干利索。面黑，微有几颗麻子。

背东西的兽物

> 老板卖出去的价钱跟向他们买的价钱相差多少,他们永远也无法晓得,至于这些炭怎么烧去,则更不在他们想象之内了。

毛姆描写过中国山地背运货物的伕子,从前读过,印象极为深刻,不过他称那种人为"负之兽",觉得不免夸饰,近于舞文弄墨,而且取义殊为卑浅,令人稍稍有点反感。及至后来到了内地,在云南看到那边的脚夫,虽不能确定毛姆所见即是这一种人,但这种人若加之以毛姆那个称呼是极贴当而直朴的,我那点反感没有了,而且隐然对他有了一种谢意。

人在活动行进之中如果骤然煞住,问一问我在这里到底是在干点什么呢,大概不会有肯定答案的,都如毛姆所引庄子的那一段话中说的那样,疲疲役役,过了一生,但这一种人是问也用不着问(别人不大会代他们问,他们自己当然不可能发问），看一看就知道真是什么"意义"都没有，除了背东西就没有生活了。用得着一个套语：从今天背到明天，从今年背到明年。但毛姆说他们是兽物还不是象征说法，是极其写实的，他们不但没有"人"的意义，而且没有人形。

在我们学校旁边那条西风古道上时常可以看到他们，大都是一队一队的，少者三个五个，多的十个八个，沉默着，埋着头，一步一步走来。照例凡是使用气力做活的人多半要发出声音，或唱歌，或是"打号子"，用以排遣单调，鼓舞精力，而这种人是一声也不出的，他们的嘴闭得很紧。说是"埋头"，每令人想到"苦干"，他们的埋头可不是表示发愤为雄，是他们的工作教他们不得不埋头。他们背东西都使用一个底锐、口广、深身、略呈斗斛状的竹篮。这东西或称为背篓，但有一种细竹所编，有两耳可跨套于肩臂，而且有个盖子，做得相当精致的竹篮，像昆明收旧货女人所用的那一种，也称为背篓，而他们用的是极其粗率的简陋的。背篓上高高装了货物。货物的范围很窄，虽然有时也背盐巴、松板、石块、米粮等物，大多是两样东西，柴和炭。柴，有的粗块，有的是寸径树条，也有连枝带叶的小棒子；有专背松毛的，马尾松针晒干，用以引火助燃，此地人谓之松毛，但那多是女人，且多不用背篓，捆扎成一大包而背着。炭都是横着一根一根地叠起来。柴炭都叠得很高,防它倒散,多用绳索络住。背篓上有一根棕丝所织扁带子,背即背的这一根带子。严格说不应当说是背,应当说是"顶",他们用脑门子顶着那一根带子。这样他们不得不硬着头皮,不得不埋着头了。头稍平置,篓子即会滑脱的。柴炭从山中来,山路不便挑扛,所以才用这种特殊方法负运。他们上山下山,全身都用气力,而颈部用力尤多,所以都有极其粗壮,粗壮到变形的脖子。这样粗壮的脖子前面又多半挂了个瘿袋,累累然有如一个肉桂色的柚子。在颈子上都套着一个木板,形式如半个刑枷,毛姆似乎称之为"轭"的,这也并非故意存有暗示,真的跟耕田引车的牛头上那一个东西全无二致,而且一定是可以通互应用的。在手里,他们都提着一根杖。这根杖不知道叫什么名堂,齐腰那么高,顶头有个月牙形的板,平着连着那根杖。这根杖用处很大,爬坂上坡,路稍陡直,用以撑杖,下雨泥滑,可防蹶倒,打站歇力时尤其用得着它,如同常说,是第三条腿。他们在路上休息时并不把背篓取下,取下时容易,再上肩费事,为养歇气力而花更大的气力,犯不着,只用那一根杖舒到后面,根着地,背篓放在月牙形手板上,自己稍为把腰伸起,两腿分开,微借着一点力而靠那么一会儿就成了。休息时要小便,也就是这么直着腰。他们一路走走歇歇,到了这儿，并没有一点载欣载奔的喜意，虽然前面马上就要到了。进了前面那个小小牌楼，就是西门，西门里就是省城了，省城是烧去他们背上的柴炭的地方，可是看不出他们对于这个日渐新兴起来的古城有什么感情。小牌楼外有一片长长的空地，长了一点草，倒了一点垃圾，有人和狗拉的屎，他们在那里要休息相当时候。午前午后往来，都可以看得见许多这种人长长地一溜坐着，这时，他们大都把背上载着的重物卸放在墙根了，要吃饭，总不能吃饭时也顶着。

柴不知怎么卖，有没有人在路上喊住他们论价买去呢？炭则大都是交到行庄，由炭商接下来，剔选一道，整理整理，用装了石粉的布包在上面拍得一层白，漂漂亮亮的，再成斤做担卖与人家。老板卖出去的价钱跟向他们买的价钱相差多少，他们永远也无法晓得，至于这些炭怎么烧去，则更不在他们想象之内了。

他们有的科头，有的戴了一顶粗毡碗形帽子，这顶帽子吃了许多油汗，而且一定时常在吃进油汗时教他们头皮作痒。身上衣服有的是布的。但不管是什么布衣绝对没有在他们身上新过，都是买现成的旧衣，重重补缀上身。城里有许多"收旧衣烂衫"的男人女人，收了去在市集上卖，主顾里包括有这种人，虽然他们不是重要的，理想的，尤其是顶不是爽气的，只不过是最可欺骗的主顾。他们是一定买最破最烂的，而且衣服形形色色都有，他们把衣服的分类都简化了，在你是绝对不相同的，在他们是一样的。更多的是穿麻布衣服。这种麻不知是不是他们自己织的，保留最古粗的样子，印在陶器上的布纹比这还要细密些。每一经纬有铺子扎东西的索子那么粗，只是单薄一点。自然是原色，麻白色。昆明气候好，冬天也少霜雪，但天方发白的山路上总是恻恻的有风的，而有些背柴炭人还是穿一层单麻布衣服。这身衣服像一个壳子似的套在身上，仿佛跟他们的身体分不开，而又显然不是身体的一部分，跟身体离得很远，没有一处贴合，那种淡淡的白色使他们格外具有特性了。身体上不是顶要紧的地方袒露了一块，在他们不算是大事情。衣服，根本在他们就不算大事。他们的大事是吃一点东西到肚里。

他们每人都把吃的带着，结挂在腰裤间，到了，一起就取出来吃。一个一个的布口袋，口袋做成筒状，里头是一口袋红米干饭。不用碗，不用筷子，也不用手抓，以口就饭而喋接。随吃，随把口袋向外翻卷一点，饭吃完，口袋也整整翻了个个儿，抖一抖，接住几个米粒，仍旧系于腰裤间。有的没有，有的有点菜，那是辣子面、盐、辣子面和盐、辣子面和盐和一点豆豉末，咽两口饭，以舌尖黏掠一点。看一个庄家、一个工人、一个小贩、一个劳力人吃饭是很痛快过瘾的事，他们吃得那么香甜，那么活泼，那么酣舞，那么恣放淋漓，那么快乐，你感觉吃无论如何是人生的一点不可磨灭的真谛，而看这种人吃饭，你不会动一点食欲。他们并不厌恨食物的粗粝，可是冷淡到十分，毫不动情地慢慢慢慢地咀嚼，就像一头牛在反刍似的！也像牛似的，他们吃得很专心，伴以一种深厚的，然而简单的思索，不断地思索着：这是饭，这是饭，这是饭……仿佛不这么想着，他们的牙齿就要不会磨动似的——很奇怪，我想不出他们是用什么姿态喝水的，他们喝水的次数一定很少，否则不可能我没有印象。走这么长的路而能干干地吃那么些饭，真是不可了解的事。他们生在山里，或者山里人少有喝水的习惯？……我想起一个题目：水与文化。

老觉得这种人如何饮之以酒，不加限节，必至泥胡醉死。醉了，他们是什么样子呢？他们是无内外表里，无层次，无后先，无中偏，无小大，是整个的：一个整个的醉是什么样子呢？他们会拥抱，会砍杀，会哭会笑？还是一声不响地各自颓倒，失去知觉存在？

他们当然是有思索的，而且很深很厚，不过思索得很少，简单，没有多少题目，所以总是那么很专心似的，很难在他们的眼睛里找出什么东西，因为我们能够追迹的，不是情意本体，而是情意的流变，在由此状况发展引渡成为另一状况，在起讫之间，人才泄露他的心，而他们几乎是永恒的、不动的，既非明，也非暗，不是明暗之间酝酿绸缪的昧暧，是一种超乎明暗的混沌，一种没有限界的封闭。他们一个一个地坐在那里，绝对的沉默，不是有话不说，是根本没有话，各自拢有了自己，像石块拢有了石头。你无法走进他们里面去，因为他们不看你一眼，他们没有把你收到他们的视野中去。

纪德发现刚果有一种土人，他们的语言里没有相当于"为什么"的字……

在一个小茶馆外头，我第一次听到这种人说话，而且是在算账！从他们那个还是极少表情的眼睛里，可以知道一个数字要在他的心里写完了，就像用一根钝钉子在一片又光又硬的石板上刻字一样难。我永远记得那个数目：二百二十二。一则这个数字太巧，而且富民话（我听出他们的话带有富民口音）二字念起来很特别，再也是他一次又一次地重复，好像一个孩子努力地想把一个跌碎了的碗拼合起来似的："二百——二十——二，二百，——二十，——二……"

有一次警报，解除警报发了，接着又发了紧急警报，我们才近城门又立刻退回去，而小牌楼外面那些负运柴炭的人还不动。日本飞机来过炸过了,那片地上落了一个炸弹,有人告诉我炸死了两个人。我忽然心里一动,很严肃地想:炸死了两个人,我端端正正一撇一捺在心里写了那一个"人"字。我高兴我当时没有嘲弄我自己,没有蔑笑我的那点似乎是有心鼓励出来的戏剧的激情。

一个邮件的复活

"这都是一些生死不明的信,"关股长说,"只要有一点点蛛丝马迹,我们都要尽量叫它复活,叫它死里求生!"

你在家里坐着,看着报,跟朋友谈着天……可是每一个人此刻都可能有一封上面写着你的名字,将要属于你的信或是一个邮包,正在路上走着,向着你走来,你想得到吗?你写得了一封信,轻轻地往街角的邮筒里一丢,你知道会有多少人将要为你这封信而工作,他们会日以继夜,不辞劳苦地把你的思想、你的感情传递到你所希望的地方去?……

华侨林潭水在爪哇耶嘉达[1]开了一个小铺子,做土产生

---

[1] 即雅加达。——编者注

意。林潭水有个女儿在祖国解放之后回了国,到了人民的首都北京。前些日子女儿来信,说在北京进了她一向向往的学校,一切都很好;国内各方面对侨生的照顾都很周到,请放心;只是需要一本重要的参考书,国内一时买不到,请父亲在南洋设法买一买。

林老先生立刻就去到处打听,想尽了办法,终于把这本书买到了,心里高兴极了,当时就寄了出去。

这本书从耶嘉达装上了邮船,越过重洋大海,经过香港,转到九龙、广州,上了火车,一直送到了北京。一路上下船过站,搬进搬出,不知道经过多少道手续;它身上盖满了累累的邮戳,说明了它所经历的路程的遥远和曲折。

书到了北京。是挂号邮件,转到挂号股。挂号股的同志拿起这个颇为沉重的牛皮纸包一看,很惋惜地叹了一口气:这个邮件大概要"死"!

邮件无法投递也无法退还的,邮局习惯语说它是"死"了,这种邮件常常就叫作"死件"。这个名字叫得很刺激,可是有什么字比它更恰当,更能表达实际情形的呢,既然这个邮件对于任何人都没有了意义?要是在邮局搁上一年,没有人来认领,按照邮章,就要焚毁,那就真是名副其实地从这个世界上消失了。

这个邮件的封皮上一共写了八个大字：

北京
林爱梅小姐收

这么大一个北京，哪儿去找这个林爱梅去？

可是咱们人民的邮政局找到了林爱梅，把这本书交到了林爱梅本人的手里！

一月二十六日《人民日报》"读者来信"栏发表了华侨学生林爱梅感谢邮政工作同志的信。看了报的人都很为这件事所感动。这也许是一件小事，但又不是一件小事。这是一个消息，它透露了许多更伟大、更不平凡的事物，它只是在我们周围流动不息的新鲜事物的一滴，它的背后是我们整个的祖国，整个的时代。正因为它不是偶然的，不是孤单的，所以我们的感动才会那么深，那么广，那么真挚。

可是我们有的同志不以为然，说如果邮政局整天净为这样的邮件去奔走，这在人力上是一个浪费，这对于更多的群众是一个损失，这不值得！

这似乎也是一个道理。可是我们为什么不到邮局去做一次访问呢？

我到北京邮政管理局，找到了关西邨同志。我被领进了"无着股"（好个新鲜的名称！），关西邨同志是无着股的股长。

这是一间普通房间，很大，除了几张又长又大的桌子和一个里面隔成许多四方格子的白木架子之外就没有什么陈设了，因此显得很空。房间里的东西，从纸墨笔砚，茶杯茶壶，一直到人身上的衣服，都跟这个房间本身，门窗四壁、光滑的地板和虽然有点旧了的窗户帘，不大相称：一个是那么朴素，一个是曾经很豪华，而现在看起来还是非常讲究的。要说这个房间跟邮局其他部门有什么不同，那除非是它显得那么特别地安静。——一进邮局的侧门，你就会感觉到这里面洋溢着的一种特殊的兴奋和热烈，那么多大大小小的邮包，那么多你看见的和看不见的人在活动，可见到处又是那么井井有条，忙而不乱，你体会得到这个庞大和复杂的机构内部的完美的组织。而一进这一间屋子，你马上就会平静下来，你会把一路上带来的街市的烦嚣都丢在门外。这儿不像个办公的地方，倒像是个研究室。如果你闭起眼睛，你会不相信这屋里还有四个人，这四个人正在非常用心地做着一件非常细致的工作。

一见到关西邨同志，你就会觉得，这真是一个非常适合于做这个工作的人。关股长不厌其详地告诉了我们要知道的一切，他的态度那么诚恳，那么亲切，他一定是用同样的诚恳和亲切来处理这些"无着"的邮件的。

无着邮件的处理是没有一定的。

也许拿到了一封信，一分钟里头就可以有个水落石出。去年十二月二十九，退回来一封寄到上海去的私人函件，没有下款。无着股拿过来一看，信封上有个邮箱戳子，号码是×××，记得清楚，这个邮箱是挂在外交部院子里头的，断定寄信的出不了外交部。上那儿一问，果然。——每一个邮箱都有固定的号码，信从邮箱里倒出来，首先就得盖上号码戳。

可是多数邮件就不那么简单，得把信剪开，从信的里头，从字里行间，从一句半句话，一个电话号码，提到的一个人，说起的一件事，从各种各样的错综复杂的关系里头去发现线索。比如，去年六月里有一封从青岛退回来的信，信封上信里头的署名都只有一个"龚"字，信上说的事情又多是平平常常的事，研究了半天，没有结果，后来把信封翻了个面——信封是用普通笔记纸自制的，在上面找到了几个字，是一篇日记的残页："今天我们二女中也参加了游行。"好了，到二女中把所有的姓龚的同学都找到，终于找到其中一个是寄这封信的。北京解放后不久，处理了一封无着信，信不是交给信封上写的那个人，而是交给她的爱人的。信里提到这个女同志的爱人，说起他已经光荣地参加了中国共产党，不日就要调到北京工作，信里还附了一张两个人合拍的武装骑马照片，结果是由邮局党支部拿了这张照片到市委去对了好久才对了出来。——只有无着股有权利拆阅信件，这是法律规定的。——这个特殊的权利，我想大概不会有什么人不同意。

也许你会觉得，这样的邮件不会太多吧？这样的邮件在全部邮件中不知道占多大一个比重，但是根据去年一年的统计，因为无法投递或退还而转到无着股来的信件，一共是一万一千二百二十六件！据一个解放以前就做无着邮件的工作的赵同志说，这已经少得多了，解放以前一季就能有这样一个数目！各种各样的信，无奇不有！有的信封上甚至于一个字都没有，邮局最近给起了个名字，叫作"白板"。关股长一下子就拿出五封这样的"白板"信给我看。也巧得很，五封都是洋纸白封，雪白雪白，连一点其他颜色的痕迹都没有！

正说着，就有邮勤员送来了一沓"无着信"。

"这都是一些生死不明的信，"关股长说，"只要有一点点蛛丝马迹，我们都要尽量叫它复活，叫它死里求生！"

怎样使死信复活呢？

靠经验，靠对于社会情况的了解熟悉，靠丰富的常识。每一种知识，都可能有用处。这种知识是怎么得来的？像一切的知识一样，靠学习。那位赵同志今年四十八了，可是我看见他抽屉里有一本朱谱萱编的《初级俄语读本》。此外，靠工作的时候细心，靠创造的智慧；更重要的，靠为人民服务的责任感。这种责任感虽然是习惯了的，职业化了的，可是是常新的，不懈的，顽强的。

林爱梅的那个邮件的处理经过是这样的：挂号股觉得无法投递，交给了社会服务股。社会服务股想登一个报，或者通过电台广播来找这个人，但考虑不一定发生效力，决定给无着股先试一试。无着股接到了，首先研究了这个邮件情况，认为：该件从爪哇寄来，封皮上写的是中国字，受信人大概是归国华侨；寄的是一本原文专门著作，可能是一个大学程度的侨生；"林爱梅"不会是个男人的名字，大概是一个归国华侨女生；照例，归国华侨，特别是侨生，必会到华侨归国联谊会登记，于是决定先向华侨归国联谊会试探。

下午，用电话向侨联联系。问有没有这样一个人，答复是："不知道。"

"不知道"？这不可能！从声音中令人对这个接电话的不能信任。他不知道，有人知道。再叫一个电话，请找负责人冯同志。

冯同志说："有这个人。是个女生。前一些时住在三大人胡同华侨事务所宿舍。"

有这个人,"是个女生",对了!接侨委会宿舍。

侨委会宿舍说:"林爱梅不在这儿了,上师大学习去了。"

接师大。

师大校务处翻遍了全部学生名册,答复得非常肯定:"没有这个人!"

师大没有,问北大,问辅仁……

"没有。"

"没有!"

可是无着股的同志并不失望,他们在工作中养成了特殊的冷静和耐心。他们又研究了一下情况,觉得侨委会宿舍的答复可能不正确,决定再回来跟侨委会宿舍联系,找负责人,负责人是一个叫顾明的同志,这回的答复是:

"林爱梅,有这个人,是爪哇归国侨生,曾经在这儿住过,现在在西郊清华大学学习。"

无着股的同志在说到这位顾明同志的时候充满了感激。但是他们还得再问一句:

"确是在清华?"

"确是在清华。"

"什么时候去的?"

"三个月以前。"

好了,终于有了结果!可是这不等于已经找到了林爱梅。像这样在最后一个环节上遇到了阻碍,白忙了半天的事不是没有过。又打了一下午电话,找到清华斋务股,找到林爱梅的同屋同学,最后才找到林爱梅本人,到找到林爱梅本人的时候已经下午六点半,下了班半天了。——当然,你可以想象到,虽然晚下了班,肚子也有点饿了,可是无着股的同志是带了别人不能了解的笑脸走出他们的办公室的。

这样到处去"捕风捉影",不是很渺茫吗?

也不,有相当的把握的,而且一个时期当中的复活的比率是可以估计出来的。无着股一九五一年的计划是要到复活率百分之五十到百分之六十。第一季的计划定的是百分之五十二,根据每一周的总结,都是超额完成的。

是不是一向的复活率都是如此?

不,解放以前的复活率经常是百分之十二到百分之十三,最高到过百分之十八。

从百分之十二到百分之五十二,解放与不解放的分别在此!当然,你可以想象,无着股的工作绝非孤立的、突出的。这个数字是有一般性的,从这个数字上是可以看出邮局的全部工作情况的。

同志，你对于这个数字有什么感想？

为什么解放前跟解放后有这样的鲜明的对照呢？

解放以前这间屋子不是办公室，是宿舍，是"外国人"的宿舍，这三楼整个都是外国人的宿舍。这里头住过英国人、法国人、意大利人，最后一个时期最多的是美国人。那个大白木架子后面是一个门，从前挂着丝绒门帘，那一边是个小客室，这边是跳舞的地方，右边是卧室、厨房。一个跑街的，一个打字员，一个在本国不知道干什么的，一个流氓，到了中国，就能当一个一等秘书，署副邮长衔。洋房、汽车、厨子、花匠、保姆……连草纸都是邮局供给，每一个人还有一条狗，领一个邮务生的薪水！中国职员呢——"从前人家说邮局是个铁饭碗，"赵同志整理完了一包邮件，愤愤地说，"这个铁饭碗可不好捧，早来、晚去，低三下四！在办公室里说话都不敢大声，说跟小学生坐在课堂里一样；外国人说什么是什么，外国人说鸡蛋是树上长的，还有个把儿，你也得听着！"

中国的自有邮政到现在有五十几年的历史，除了最近两年和原有的老解放区邮政之外，都是"客邮"，所谓"中华邮政"，是帝国主义掌握之下的殖民地化的邮政，他们的所举办的一切的业务是围绕着帝国主义的利益的。比如，他们举办

"邮寄箱匣"——"金银箱匣""矿产箱匣""土产箱匣"……我们的金银,我们的钨砂,我们的文化遗产,我们珍贵的艺术品,就叫他们装在这些"箱匣"里运出去了!……

今天,我们把帝国主义赶了出去,从每一个地方把帝国主义赶出去了,从邮政局,从这个楼上,这间屋子里把他们赶出去了!今天的邮政是"人民邮政",跟老的"中华邮政"本质上就是不同的。人民的邮政所举办的一切业务是针对着人民的利益的。我们的邮局举办了书报发行,为了要叫书报流传得远,流传得快,为了要叫文化普及,为了广大人民今天那么迫切地需要文化;我们的邮局举办了代销代购;今天走到一个乡下的邮局里可以买到同仁堂的药,你在乡下想要买一点北京的什么东西,把钱交给邮局,隔不了几天,邮局就能给你捎了去!……这是从前那些铁士兰、巴立地、斯密司们想都不会往这上头想的。

"中国人民站起来了",邮局的全体的工作同志是完全了解这句话的意义的。他们对于这句话的体会比一般人还要深刻、具体,他们从邮局的组织业务到他们自己身上,都看出现在跟过去根本的截然的分别,他们亲身参加了这种变革。现在不再有人叫投递员"信差",不再有人叫邮勤员"听差",不再有人把车站上装卸邮件的劳动人员叫作"野鸡"了!(这是个多么岂有此理的称呼！）今天谁都可以大声说话了，谁都可以对邮局的任何一个工作提意见，而这些意见一定会被重视，会拿到全国邮政工作会议上去讨论的。今天，我们的邮政工作同志大部分都继承了五十多年邮政工作的丰富的经验，发挥了以前被压抑埋伏的群众的创造能力，并且学习了苏联邮政的先进的工作方法（现在的平邮股的布置，那儿放一张桌子，那儿装一个架子，那儿留出过道，多是经过去年春天来的苏联专家提过意见的，这样布置以后，每个工作同志都感到工作起来非常顺手，不知不觉中就提高了效率），全心全意地在为人民服务；因此，你在邮局任何一个地方看得见一种新的气象；因此，无着股的复活率由百分之十二上升到百分之五十二；因此，林爱梅的邮件交到了林爱梅本人的手里，这就是全部的秘密！

你一定时常有机会经过邮政管理局，你在这座坚实巨大的石质建筑物下面走过不知多少次了。今天，还是那一个建筑，可是，在它的内部起了多大的变化！这个变化是跟我们的历史，跟每一个人的生活都息息相关的，而这个变化在一个小小的邮件上面就生动地说明出来了，这是一个多么简单又多么神奇的故事！

最后，关股长告诉我无着股工作的最高的理想。无着股不希望把死信复活率提高到百分之一百,因为那不可能;无着股不是想消极地复活死信,而是要积极消灭死信。苏联今天就几乎没有死信——死信多,基本上是一种落后现象,解放后死信数目的锐减是一个很可喜的事,这反映了我们的各方面都有着进步,而这也证明了消灭死信是完全可能的。无着股希望没有人写死信,希望每一个人写信的时候都注意把受信人寄信人的地址写清楚,无着股将尽一切力量使这个股本身消灭,希望把有用的人力用于其他的生产上去,希望邮局能够举办更多的"书报发行""代销代购"这样的业务。

我是非常赞成关股长的理想的,同志,我想你也是赞成的!

辑四

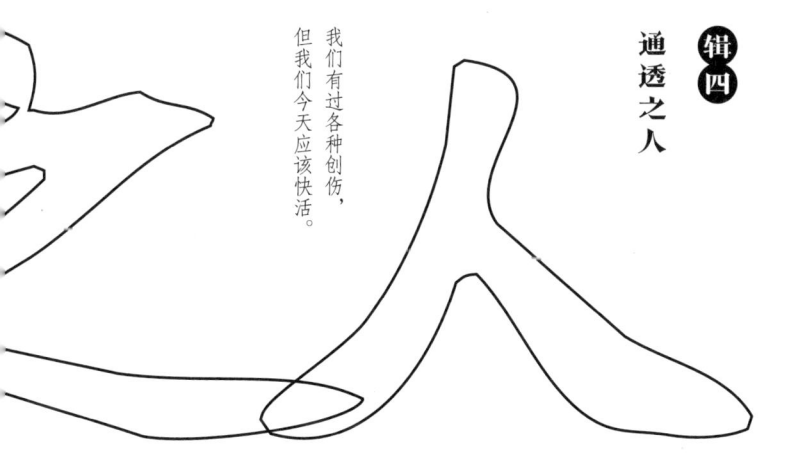

通透之人

我们有过各种创伤,但我们今天应该快活。

老舍先生

有一年老舍先生的提案是：希望政府解决芝麻酱的供应问题。那一年北京芝麻酱缺货。老舍先生说："北京人夏天离不开芝麻酱！"

北京东城乃兹府丰盛胡同有一座小院。走进这座小院，就觉得特别安静、异常豁亮。这院子似乎经常布满阳光。院里有两棵不大的柿子树（现在大概已经很大了），到处是花，院里、廊下、屋里，摆得满满的。按季更换，都长得很精神，很滋润，叶子很绿，花开得很旺。这些花都是老舍先生和夫人胡絜青亲自莳弄的。天气晴和，他们把这些花一盆一盆抬到院子里，一身热汗。刮风下雨，又一盆一盆抬进屋，又是一身热汗。老舍先生曾说："花在人养。"老舍先生爱花，真是到了爱花成性的地步，不是可有可无的了。汤显祖曾说他的词曲"俊得江山助"。老舍先生的文章也可以说是"俊得花枝助"。叶浅予曾用白描为老舍先生画像，四面都是花，老舍先生坐在百花丛中的藤椅里，微仰着头，意态悠远。这张画不是写实，意思恰好。

客人被让进了北屋当中的客厅，老舍先生就从西边的一间屋子走出来。这是老舍先生的书房兼卧室。里面陈设很简单，一桌、一椅、一榻。老舍先生腰不好，习惯睡硬床。老舍先生是文雅的、彬彬有礼的。他的握手是轻轻的，但是很亲切。茶已经沏出色了，老舍先生执壶为客人倒茶。据我的印象，老舍先生总是自己给客人倒茶的。

老舍先生爱喝茶，喝得很勤，而且很酽。他曾告诉我，到莫斯科去开会，旅馆里倒是为他特备了一只暖壶。可是他沏了茶，刚喝了几口，一转眼，服务员就给倒了。"他们不知道，中国人是一天到晚喝茶的！"

有时候，老舍先生正在工作，请客人稍候，你也不会觉得闷得慌。你可以看看花。如果是夏天，就可以闻到一阵一阵香白杏的甜香味。一大盘香白杏放在条案上，那是专门为了闻香而摆设的。你还可以站起来看看西壁上挂的画。

老舍先生藏画甚富，大都是精品。所藏齐白石的画可谓"绝品"。壁上所挂的画是时常更换的。挂的时间较久的，是白石老人应老舍点题而画的四幅屏。其中一幅是很多人在文章里提到过的《蛙声十里出山泉》。"蛙声"如何画？白石老人只画了一脉活泼的流泉，两旁是乌黑的石崖，画的下端画了几只摆尾的蝌蚪。画刚刚裱起来时，我上老舍先生家去，老舍先生对白石老人的设想赞叹不止。

老舍先生极其爱重齐白石，谈起来时总是充满感情。我所知道的一点白石老人的逸事，大都是从老舍先生那里听来的。老舍先生谈这四幅里原来点的题有一句是苏曼殊的诗（是哪一句我忘记了），要求画卷心的芭蕉。老人踌躇了很久，终于没有应命，因为他想不起芭蕉的心是左旋还是右旋的了，不能胡画。老舍先生说："老人是认真的。"老舍先生谈起过，有一次要拍齐白石的画的电影，想要他拿出几张得意的画来，老人说："没有！"后来由他的学生再三说服动员，他才从画案的隙缝中取出一卷（他是木匠出身，他的画案有他自制的"消息"），外面裹着好几层报纸，写着四个大字："此是废纸。"打开一看，都是惊人的杰作——就是后来纪录片里所拍摄的。白石老人家里人口很多，每天煮饭的米都是老人亲自量，用一个香烟罐头。"一下、两下、三下……行了！"——"再添一点，再添一点！"——"吃那么多呀！"有人曾提出把老人接出来住，这么大岁数了，不要再操心这样的家庭琐事了。老舍先生知道了，给拦了，说："别！他这么着惯了。

不叫他干这些,他就活不成了。"老舍先生的意见表现了他对人的理解,对一个人生活习惯的尊重,同时也表现了对白石老人真正的关怀。

老舍先生很好客,每天下午,来访的客人不断。作家,画家,戏曲、曲艺演员……老舍先生都是以礼相待,谈得很投机。

每年,老舍先生要把市文联的同人约到家里聚两次。一次是菊花开的时候,赏菊。一次是他的生日——我记得是腊月二十三。酒菜丰盛,而有特点。酒是"敞开供应",汾酒、竹叶青、伏特加,愿意喝什么喝什么,能喝多少喝多少。有一次很郑重地拿出一瓶葡萄酒,说是毛主席送来的,让大家都喝一点。菜是老舍先生亲自掂配的。老舍先生有意叫大家尝尝地道的北京风味。我记得有次有一瓷钵芝麻酱炖黄花鱼。这道菜我从未吃过,以后也再没有吃过。老舍家的芥末墩是我吃过的最好的芥末墩!有一年,他特意订了两大盒"盒子菜"。直径三尺许的朱红扁圆漆盒,里面分开若干格,装的不过是火腿、腊鸭、小肚、口条之类的切片,但都很精致。熬白菜端上来了,老舍先生举起筷子:"来来来!这才是真正的好东西!"

老舍先生对他下面的干部很了解,也很爱护。当时市文联的干部不多，老舍先生对每个人都相当清楚。他不看干部的档案，也从不找人"个别谈话"，只是从平常的谈吐中就了解一个人的水平和才气，那是比看档案要准确得多的。老舍先生爱才，对有才华的青年，常常在各种场合称道，"平生不解藏人善，到处逢人说项斯"。而且所用的语言在有些人听起来是有点过甚其词，不留余地的。老舍先生不是那种惯说模棱两可、含糊其词、温暾水一样的官话的人。我在市文联几年，始终感到领导我们的是一位作家。他和我们的关系是前辈与后辈的关系，不是上下级关系。老舍先生这样"作家领导"的作风在市文联留下很好的影响，大家都平等相处，开诚布公，说话很少顾虑，都有点书生气、书卷气。他的这种领导风格，正是我们今天很多文化单位的领导所缺少的。

老舍先生是市文联的主席，自然也要处理一些"公务"，看文件，开会，做报告（也是由别人起草的）……但是作为一个北京市的文化工作的负责人，他常常想着一些别人没有想到或想不到的问题。

北京解放前有一些盲艺人，他们沿街卖艺，有时还兼带算命，生活很苦。他们的"玩意儿"和睁眼的艺人不全一样。老舍先生和一些盲艺人熟识，提议把这些盲艺人组织起来，使他们的生活有出路，别让他们的"玩意儿"绝了。为了引起各方面的重视，他把盲艺人请到市文联演唱了一次。老舍先生亲自主持，做了介绍，还特烦两位老艺人翟少平、王秀卿唱了一段《当皮箱》。这是一个喜剧性的牌子曲，里面有一个人物是当铺的掌柜，说山西话，有一个牌子叫《鹦哥调》，句尾的和声用喉舌做出有点像母猪拱食的声音，很特别，很逗。这个段子和这个牌子，是睁眼艺人没有的。老舍先生那天显得很兴奋。

　　北京有一座智化寺，寺里的和尚做法事和别的庙里的不一样，演奏音乐。他们演奏的乐调不同凡响，很古。所用乐谱别人不能识，记谱的符号不是工尺，而是一些奇奇怪怪的笔道。乐器倒也和现在常见的差不多，但主要的乐器却是管。据说这是唐代的"燕乐"。解放后，寺里的和尚多半已经各谋生计了，但还能集拢在一起。老舍先生把他们请来，演奏了一次。音乐界的同志对这堂活着的古乐都很感兴趣。老舍先生为此也感到很兴奋。

　　《当皮箱》和"燕乐"的下文如何，我就不知道了。

　　老舍先生是历届北京市人民代表。当人民代表就要替人民说话。以前人民代表大会的文件汇编是把代表提案都印出来的。有一年老舍先生的提案是：希望政府解决芝麻酱的供应问题。那一年北京芝麻酱缺货。老舍先生说："北京人夏天离不开芝麻酱!"不久,北京的油盐店里有芝麻酱卖了,北京人又吃上了香喷喷的麻酱面。

老舍是属于全国人民的,首先是属于北京人的。

一九五四年,我调离北京市文联,以后就很少上老舍先生家里去了。听说他有时还提到我。

沈从文先生在西南联大

沈先生的讲课，可以说是毫无系统。

　　沈先生在联大开过三门课：各体文习作、创作实习和中国小说史。三门课我都选了——各体文习作是中文系二年级必修课，其余两门是选修。西南联大的课程分必修与选修两种。中文系的语言学概论、文字学概论、文学史（分段）……是必修课，其余大都是任凭学生自选。诗经、楚辞、庄子、昭明文选、唐诗、宋诗、词选、散曲、杂剧与传奇……选什么，选哪位教授的课都成。但要凑够一定的学分（这叫"学分制"）。一学期我只选两门课，那不行。自由，也不能自由到这种地步。

　　创作能不能教？这是一个世界性的争论问题。很多人认为创作不能教。我们当时的系主任罗常培先生就说过：大学是不培养作家的，作家是社会培养的。这话有道理。沈先生自己就没有上过什么大学。他教的学生后来成为作家的，也极少。但是也不是绝对不能教。沈先生的学生现在能算是作家的，也还有那么几个。问题是由什么样的人来教，用什么方法教。现在的大学里很少开创作课的，原因是找不到合适的人来教。偶尔有大学开这门课的，收效甚微，原因是教得不甚得法。

教创作靠"讲"不成。如果在课堂上讲鲁迅先生所讥笑的"小说作法"之类，讲如何作人物肖像，如何描写环境，如何结构，结构有几种——攒珠式的、橘瓣式的……那是要误人子弟的。教创作主要是让学生自己"写"。沈先生把他的课叫作"习作""实习"，很能说明问题。如果要讲，那"讲"要在"写"之后。就学生的作业，讲他的得失。教授先讲一套，让学生照猫画虎，那是行不通的。

沈先生是不赞成命题作文的，学生想写什么就写什么。但有时在课堂上也出两个题目。沈先生出的题目都非常具体。我记得他曾给我的上一班同学出过一个题目："我们的小庭院有什么"，有几个同学就这个题目写了相当不错的散文，都发表了。他给比我低一班的同学曾出过一个题目："记一间屋子里的空气"！我的那一班出过些什么题目，我倒不记得了。沈先生为什么出这样的题目？他认为：先得学会车零件，然后才能学组装。我觉得先作一些这样的片段的习作，是有好处的，这可以锻炼基本功。现在有些青年文学爱好者，往往一上来就写大作品，篇幅很长，而功力不够，原因就在零件车得少了。

沈先生的讲课，可以说是毫无系统。前已说过，他大都是看了学生的作业，就这些作业讲一些问题。他是经过一番思考的，但并不去翻阅很多参考书。沈先生读很多书，但从不引经据典，他总是凭自己的直觉说话，从来不说亚里士多德怎么说、福楼拜怎么说、托尔斯泰怎么说、高尔基怎么说。他的湘西口音很重，声音又低，有些学生听了一堂课，往往觉得不知道听了一些什么。沈先生的讲课是非常谦抑、非常自制的。他不用手势，没有任何舞台道白式的腔调，没有一点哗众取宠的江湖气。他讲得很诚恳，甚至很天真。但是你要是真正听"懂"了他的话——听"懂"了他的话里并未发挥罄尽的余意，你是会受益匪浅，而且会终生受用的。听沈先生的课，要像孔子的学生听孔子讲话一样，举一隅而三隅反。

沈先生讲课时所说的话我几乎全都忘了（我这人从来不记

笔记)！我们有一个同学把闻一多先生讲唐诗课的笔记记得极详细，现已整理出版，书名就叫《闻一多论唐诗》，很有学术价值，就是不知道他把闻先生讲唐诗时的"神气"记下来了没有。我如果把沈先生讲课时的精辟见解记下来，也可以成为一本《沈从文论创作》。可惜我不是这样的有心人。

沈先生关于我的习作讲过的话我只记得一点了，是关于人物对话的。我写了一篇小说（内容早已忘记干净），有许多对话。我竭力把对话写得美一点，有诗意，有哲理。沈先生说："你这不是对话，是两个聪明脑壳打架！"从此我知道对话就是人物所说的普普通通的话，要尽量写得朴素。不要哲理，不要诗意。这样才真实。

沈先生经常说的一句话是："要贴到人物来写。"很多同学不懂他的这句话是什么意思。我以为这是小说学的精髓。据我的理解，沈先生这句极其简略的话包含这样几层意思：小说里，人物是主要的，主导的；其余部分都是派生的，次要的。环境描写，作者的主观抒情、议论，都只能附着于人物，不能和人物游离，作者要和人物同呼吸、共哀乐。作者的心要随时紧贴着人物。什么时候作者的心"贴"不住人物，笔下就会浮、泛、飘、滑，花里胡哨，故弄玄虚，失去了诚意。而且，作者的叙述语言要和人物相协调。写农民，叙述语言要接近农民；写市民，叙述语言要近似市民。小说要避免"学生腔"。

我以为沈先生这些话是浸透了淳朴的现实主义精神的。

沈先生教写作，写的比说的多，他常常在学生的作业后面写很长的读后感，有时会比原作还长。这些读后感有时评析本文得失，也有时从这篇习作说开去，谈及有关创作的问题。见解精到，文笔讲究。——一个作家应该不论写什么都写得讲究。这些读后感也都没有保存下来，否则是会比《废邮存底》还有看头的。可惜！

沈先生教创作还有一种方法，我以为是行之有效的。学生写了一个作品，他除了写很长的读后感之外，还会介绍你看一些与你这个作品写法相近似的中外名家的作品。记得我写过一篇不成熟的小说《灯下》，记一个店铺里上灯以后各色人的活动，无主要人物、主要情节，散散漫漫。沈先生就介绍我看了几篇这样的作品，包括他自己写的《腐烂》。学生看看别人是怎样写的，自己是怎样写的，对比借鉴，是会有长进的。这些书都是沈先生找来，带给学生的。因此他每次上课，走进教室里时总要夹着一大摞书。

沈先生就是这样教创作的。我不知道还有没有别的更好的方法教创作。我希望现在的大学里教创作的老师能用沈先生的方法试一试。

　　学生习作写得较好的,沈先生就做主寄到相熟的报刊上发表。这对学生是很大的鼓励。多年以来,沈先生就干着给别人的作品找地方发表这种事。经他的手介绍出去的稿子,可以说是不计其数了。我在一九四六年前写的作品,几乎全都是沈先生寄出去的。他这辈子为别人寄稿子用去的邮费也是一个相当可观的数目了。为了防止超重太多,节省邮费,他大都把原稿的纸边裁去,只剩下纸芯。这当然不大好看。但是抗战时期,百物昂贵,不能不打这点小算盘。

　　沈先生教书,但愿学生省点事,不怕自己麻烦。他讲《中国小说史》,有些资料不易找到,他就自己抄,用夺金标毛笔,筷子头大的小行书抄在云南竹纸上。这种竹纸高一尺,长四尺,并不裁断,抄得了,卷成一卷。上课时分发给学生。他上创作课夹了一摞书,上小说史时就夹了好些纸卷。沈先生做事,都是这样,一切自己动手,细心耐烦。他自己说他这种方式是"手工业方式"。他写了那么多作品,后来又写了很多大部头关于文物的著作,都是用这种手工业方式搞出来的。

　　沈先生对学生的影响,课外比课堂上要大得多。他后来为了躲避日本飞机空袭,全家移住到呈贡桃园,每星期上课,进城住两天。文林街二十号联大教职员宿舍有他一间屋子。他一进城,宿舍里几乎从早到晚都有客人。客人多半是同事和学生。客人来,大都是来借书,求字,看沈先生收到的宝贝,谈天。

沈先生有很多书,但他不是"藏书家",他的书,除了自己看,是借给人看的,联大文学院的同学,多数手里都有一两本沈先生的书,扉页上用淡墨签了"上官碧"的名字。谁借了什么书,什么时候借的,沈先生是从来不记得的。直到联大"复员",有些同学的行装里还带着沈先生的书,这些书也就随之而漂流到四面八方了。沈先生书多,而且很杂,除了一般的四部书、中国现代文学、外国文学的译本,社会学、人类学、黑格尔的《小逻辑》、弗洛伊德、亨利·詹姆斯、道教史、陶瓷史、《髹饰录》、《糖霜谱》……兼收并蓄,五花八门。这些书,沈先生大都认真读过。沈先生称自己的学问为"杂知识"。一个作家读书,是应该杂一点的。沈先生读过的书,往往在书后写两行题记。有的是记一个日期,那天天气如何,也有时发一点感慨。有一本书的后面写道:"某月某日,见一大胖女人从桥上过,心中十分难过。"这句话我一直记得,可是一直不知道是什么意思。大胖女人为什么使沈先生十分难过呢?

沈先生对打扑克简直是痛恨。他认为这样地消耗时间，是不可原谅的。他曾随几位作家到井冈山住了几天。这几位作家成天在宾馆里打扑克，沈先生说起来就很气愤："在这种地方，打扑克！"沈先生小小年纪就学会掷骰子，各种赌术他也都明白，但他后来不玩这些。沈先生的娱乐，除了看看电影，就是写字。他写章草，笔稍偃侧，起笔不用隶法，收笔稍尖，自成一格。他喜欢写窄长的直幅，纸长四尺，阔只三寸。他写字不择纸笔，常用糊窗的高丽纸。他说："我的字值三分钱！"从前要求他写字的，他几乎有求必应。近年有病，不能握管，沈先生的字变得很珍贵了。

沈先生后来不写小说，搞文物研究了，国外、国内，很多人都觉得很奇怪。熟悉沈先生的历史的人，觉得并不奇怪。沈先生年轻时就对文物有极其浓厚的兴趣。他对陶瓷的研究甚深，后来又对丝绸、刺绣、木雕、漆器……都有广博的知识。沈先生研究的文物基本上是手工艺制品。他从这些工艺品看到的是劳动者的创造性。他为这些优美的造型、不可思议的色彩、神奇精巧的技艺发出的惊叹，是对人的惊叹。他热爱的不是物，而是人。他对一件工艺品的孩子气的天真激情，使人感动。我曾戏称他搞的文物研究是"抒情考古学"。他八十岁生日，我曾写过一首诗送给他，中有一联："玩物从来非丧志，著书老去为抒情。"是纪实。他有一阵在昆明收集了很多耿马漆盒。这种黑红两色刮花的圆形缅漆盒，昆明多的是，而且很便宜。沈先生一进城就到处逛地摊，选买这种漆盒。他屋里装甜食点心、装文具邮票……的，都是这种盒子。有一次买得一个直径一尺五寸的大漆盒，一再抚摩，说："这可以做一期《红黑》杂志的封面！"他买到的缅漆盒，除了自用，大多数都送人了。有一回，他不知从哪里弄到很多土家族的挑花布，摆得一屋子，这间宿舍成了一个展览室。来看的人很多，沈先生于是很快乐。这些挑花图案带天真稚气而秀雅生动，确实很美。

　　沈先生不长于讲课，而善于谈天。谈天的范围很广，时局、物价……谈得较多的是风景和人物。他几次谈及玉龙雪山的杜鹃花有多大，某处高山绝顶上有一户人家——就是这样一户！他谈某一位老先生养了二十只猫。谈一位研究东方哲学的先生跑警报时带了一只小皮箱，皮箱里没有金银财宝，装的是一个聪明女人写给他的信。谈徐志摩上课时带了一个很大的烟台苹果，一边吃，一边讲，还说："中国东西并不都比外国的差，烟台苹果就很好！"谈梁思成在一座塔上测绘内部结构，差一点从塔上掉下去。谈林徽因发着高烧，还躺在客厅里和客人谈文艺。他谈得最多的大概是金岳霖。金先生终生未娶,长期独身。他养了一只大斗鸡,这鸡能把脖子伸到桌上来,和金先生一起吃饭。他到处搜罗大石榴、大梨。买到大的,就拿去和同事的孩子的比,比输了,就把大梨、大石榴送给小朋友,他再去买!……沈先生谈及的这些人有共同特点。一是都对工作、对学问热爱到了痴迷的程度;二是为人天真到像一个孩子,对生活充满兴趣,不管在什么环境下永远不消沉沮丧,无机心、少俗虑。这些人的气质也正是沈先生的气质。"闻多素心人,乐与数晨夕",沈先生谈及熟朋友时总是很有感情的。

文林街文林堂旁边有一条小巷,大概叫作金鸡巷,巷里的小院中有一座小楼。楼上住着联大的同学:王树藏、陈蕴珍(萧珊)、施载宣(萧荻)、刘北汜。当中有个小客厅。这小客厅常有熟同学来喝茶聊天,成了一个小小的沙龙。沈先生常来坐坐。有时还把他的朋友也拉来和大家谈谈。老舍先生从重庆过昆明时,沈先生曾拉他来谈过"小说和戏剧"。金岳霖先生也来过,谈的题目是"小说和哲学"。金先生是搞哲学的,主要是搞逻辑的,但是读很多小说,从普鲁斯特到《江湖奇侠传》。"小说和哲学"这题目是沈先生给他出的。不料金先生讲了半天,结论却是:小说和哲学没有关系。他说《红楼梦》里的哲学也不是哲学。他谈到兴浓处,忽然停下来,说:"对不起,我这里有个小动物!"说着把右手从后脖领伸进去,捉出了一只跳蚤,甚为得意。我们问金先生为什么搞逻辑,金先生说"我觉得它很好玩"!

沈先生在生活上极不讲究。他进城没有正经吃过饭,大都是在文林街二十号对面一家小米线铺吃一碗米线。有时加一个西红柿,打一个鸡蛋。有一次我和他上街闲逛,到玉溪街,他在一个米线摊上要了一盘凉鸡,还到附近茶馆里借了一个盖碗,打了一碗酒。他用盖碗盖子喝了一点,其余的都叫我一个人喝了。

沈先生在西南联大是一九三八年到一九四六年。一晃,四十多年了!

金岳霖先生

> 他讲着讲着，忽然停下来："对不起，我这里有个小动物。"他把右手伸进后脖领，捉出了一个跳蚤，捏在手指里看看，甚为得意。

  西南联大有许多很有趣的教授，金岳霖先生是其中的一位。金先生是我的老师沈从文先生的好朋友。沈先生当面和背后都称他为"老金"。大概时常来往的熟朋友都这样称呼他。关于金先生的事，有一些是沈先生告诉我的。我在《沈从文先生在西南联大》一文中提到过金先生。有些事情在那篇文章里没有写进去，觉得还应该写一写。

  金先生的样子有点怪。他常年戴着一顶呢帽，进教室也不脱下。每一学年开始，给新的一班学生上课，他的第一句话总是："我的眼睛有毛病，不能摘帽子，并不是对你们不尊重，请原谅。"他的眼睛有什么病，我不知道，只知道怕阳光。

因此他的呢帽的前檐压得比较低，脑袋总是微微地仰着。他后来配了一副眼镜。这副眼镜一只的镜片是白的，一只是黑的。这就更怪了。后来在美国讲学期间把眼睛治好了——好一些了，眼镜也换了，但那微微仰着脑袋的姿态一直还没有改变。他身材相当高大，经常穿一件烟草黄色的麂皮夹克，天冷了就在里面围一条很长的驼色的羊绒围巾。联大的教授穿衣服是各色各样的。闻一多先生有一阵穿一件式样过时的灰色旧夹袍，是一个亲戚送给他的，领子很高，袖口极窄。联大有一次在龙云的长子，蒋介石的干儿子龙绳武家里开校友会——龙云的长媳是清华校友，闻先生在会上大骂"蒋介石，王八蛋！浑蛋！"那天穿的就是这件高领窄袖的旧夹袍。朱自清先生有一阵披着一件云南赶马人穿的蓝色毡子的一口钟。除了体育教员，教授里穿夹克的，好像只有金先生一个人。他的眼神即使是到美国治了后也还是不大好，走起路来有点深一脚浅一脚。他就这样穿着黄夹克，微仰着脑袋，深一脚浅一脚地在联大新校舍的一条土路上走着。

金先生教逻辑。逻辑是西南联大规定文学院一年级学生的必修课，班上学生很多，上课在大教室，坐得满满的。在中学里没有听说有逻辑这门学问，大一的学生对这课很有兴趣。金先生上课有时要提问，那么多的学生，他不是都叫得上名字来——联大是没有点名册的,他有时一上课就宣布:"今天,穿红毛衣的女同学回答问题。"于是所有穿红衣的女同学就都有点紧张,又有点兴奋。那时联大女生在蓝阴丹士林旗袍外面套一件红毛衣成了一种风气。——穿蓝毛衣、黄毛衣的极少。问题回答得流利清楚,也是件出风头的事。金先生很注意地听着,完了,说:"Yes(对)!请坐!"

学生也可以提出问题,请金先生解答。学生提的问题深浅不一,金先生有问必答,很耐心。有一个华侨同学叫林国达,操广东普通话,最爱提问题,问题大都奇奇怪怪。他大概觉得逻辑这门学问是挺"玄"的,应该提点怪问题。有一次他又站起来提了一个怪问题,金先生想了一想,说:"林国达同学,我问你一个问题:'Mr. 林国达 is perpendicular to the blackboard(林国达君垂直于黑板)',这是什么意思?"林国达傻了。林国达当然无法垂直于黑板,但这句话在逻辑上没有错误。

林国达游泳淹死了。金先生上课,说:"林国达死了,很不幸。"这一堂课,金先生一直没有笑容。

有一个同学,大概是陈蕴珍,即萧珊,曾问过金先生:"您为什么要搞逻辑?"逻辑课的前一半讲三段论,大前提、小前提、结论、周延、不周延、归纳、演绎……还比较有意思。后半部全是符号，简直像高等数学。她的意思是：这种学问多么枯燥！金先生的回答是："我觉得它很好玩。"

除了文学院大一学生的必修课逻辑，金先生还开了一门"符号逻辑"，是选修课。这门学问对我来说简直是天书。选这门课的人很少，教室里只有几个人。学生里最突出的是王浩。金先生讲着讲着，有时会停下来，问："王浩，你以为如何？"这堂课就成了他们师生二人的对话。王浩现在在美国，前些年写了一篇关于金先生的较长的文章，大概是论金先生之学的，我没有见到。

王浩和我是相当熟的。他有个要好的朋友王景鹤，和我同在昆明黄土坡一个中学教书，王浩常来玩。来了，常打篮球。大都是吃了午饭就打。王浩管吃了饭就打球叫"练盲肠"。王浩的相貌颇"土"，脑袋很大，剪了一个光头——联大同学剪光头的很少，说话带山东口音。他现在成了洋人——美籍华人，国际知名的学者，我实在想象不出他现在是什么样子。前年他回国讲学，托一个同学要我给他画一张画。我给他画了几个青头菌、牛肝菌，一根大葱，两头蒜，还有一块很大的宣威火腿。——火腿是很少入画的。我在画上题了几句话，有一句是"以慰王浩异国乡情"。王浩的学问，原来是师承金先生的。一个人一生哪怕只教出一个好学生，也值得了。当然，金先生的好学生不止一个人。

金先生是研究哲学的，但是他看了很多小说。从普鲁斯特到福尔摩斯，都看。听说他很爱看平江不肖生的《江湖奇侠传》。有几个联大同学住在金鸡巷。陈蕴珍、王树藏、刘北汜、施载宣（萧荻）。楼上有一间小客厅。沈先生有时拉一个熟人去给少数爱好文学、写写东西的同学讲一点什么。金先生有一次也被拉了去。他讲的题目是"小说和哲学"。题目是沈先生给他出的。大家以为金先生一定会讲出一番道理。不料金先生讲了半天，结论却是：小说和哲学没有关系。有人问：那么《红楼梦》呢？金先生说："《红楼梦》里的哲学不是哲学。"他讲着讲着，忽然停下来："对不起，我这里有个小动物。"他把右手伸进后脖领，捉出了一个跳蚤，捏在手指里看看，甚为得意。

金先生是个单身汉（联大教授里不少光棍，杨振声先生曾写过一篇游戏文章《释鳏》，在教授间传阅），无儿无女，但是过得自得其乐。他养了一只很大的斗鸡（云南出斗鸡）。这只斗鸡能把脖子伸上来，和金先生一个桌子吃饭。他到处搜罗大梨、大石榴，拿去和别的教授的孩子比赛。比输了，就把梨或石榴送给小朋友，他再去买。

金先生朋友很多，除了哲学系的教授外，时常来往的，据我所知,有梁思成、林徽因夫妇,沈从文,张奚若……君子之交淡如水,坐定之后,清茶一杯,闲话片刻而已。金先生对林徽因的谈吐才华,十分欣赏。现在的年轻人多不知道林徽因。她是学建筑的,但是对文学的趣味极高,精于鉴赏,所写的诗和小说如《窗子以外》《九十九度中》风格清新,一时无二。林徽因死后,有一年,金先生在北京饭店请了一次客,老朋友收到通知,都纳闷:老金为什么请客?到了之后,金先生才宣布:"今天是徽因的生日。"

金先生晚年深居简出。毛主席曾经对他说:"你要接触接触社会。"金先生已经八十岁了,怎么接触社会呢?他就和一个蹬平板三轮车的约好,每天蹬着他到王府井一带转一大圈。我想象金先生坐在平板三轮上东张西望,那情景一定非常有趣。王府井人挤人,熙熙攘攘,谁也不会知道这位东张西望的老人是一位一肚子学问,为人天真、热爱生活的大哲学家。

金先生治学精深,而著作不多。除了一本大学丛书里的《逻辑》,我所知道的,还有一本《论道》。其余还有什么,我不清楚,须问王浩。

我对金先生所知甚少。希望熟知金先生的人把金先生好好写一写。

联大的许多教授都应该有人好好地写一写。

闻一多先生上课

> 闻先生点燃烟斗，我们能抽烟的也点着了烟（闻先生的课可以抽烟的）……

闻先生性格强烈坚毅。日寇南侵，清华、北大、南开合成临时大学，在长沙少驻，后改为西南联合大学，将往云南。一部分师生组成步行团，闻先生参加步行，万里长征，他把胡子留了起来，声言：抗战不胜，誓不剃须。他的胡子只有下巴上有，是所谓"山羊胡子"，而上髭浓黑，近似一字。他的嘴唇稍薄微扁，目光灼灼。有一张闻先生的木刻像，回头侧身，口衔烟斗，用炽热而又严冷的目光审视着现实，很能表达闻先生的内心世界。

联大到云南后，先在蒙自待了一年。闻先生还在专心治学，把自己整天关在图书馆里。图书馆在楼上。那时不少教授爱起斋名，如朱自清先生的斋名叫"贤于博弈斋"，魏建功先生的书斋叫"学无不暇簃"，有一位教授戏赠闻先生一个斋主的名称："何妨一下楼主人"。因为闻先生总不下楼。

西南联大校舍安排停当，学校即迁至昆明。

我在读西南联大时，闻先生先后开过三门课：楚辞、唐诗、古代神话。

楚辞班人不多。闻先生点燃烟斗，我们能抽烟的也点着了烟（闻先生的课可以抽烟的），闻先生打开笔记，开讲："痛饮酒，熟读《离骚》，乃可以为名士。"闻先生的笔记本很大，长一尺有半，宽近一尺，是写在特制的毛边纸稿纸上的。字是正楷，字体略长，一笔不苟。他写字有一特点，是爱用秃笔。别人用过的废笔，他都收集起来。秃笔写篆楷蝇头小字，真是一个功夫。我跟闻先生读一年楚辞，真读懂的只有两句："袅袅兮秋风，洞庭波兮木叶下。"也许还可加上几句："成礼兮会鼓，传芭兮代舞。姱女倡兮容与。春兰兮秋菊，长无绝兮终古。"

闻先生教古代神话，非常"叫座"。不单是中文系的、文学院的学生来听讲，连理学院、工学院的同学也来听。工学院在拓东路，文学院在大西门，听一堂课得穿过整整一座昆明城。闻先生讲课"图文并茂"。他用整张的毛边纸墨画出伏羲、女娲的各种画像，用摁钉钉在黑板上，口讲指画，有声有色，条理严密，文采斐然，高低抑扬，引人入胜。闻先生是一个好演员。伏羲女娲，本来是相当枯燥的课题，但听闻先生讲课让人感到一种美，思想的美，逻辑的美，才华的美。听这样的课，穿一座城，也值得。

能够像闻先生那样讲唐诗的，并世无第二人。他也讲初唐四杰、大历十才子、《河岳英灵集》，但是讲得最多，也讲得最好的，是晚唐。他把晚唐诗和后期印象派的画联系起来。讲李贺，同时讲到印象派里的 pointilism（点彩派）。说点画看起来只是不同颜色的点，这些点似乎不相连属，但凝视之，则可感觉到点与点之间的内在联系。这样讲唐诗，必须本人既是诗人，也是画家，有谁能办到？闻先生讲唐诗的妙悟，应该记录下来。我是个大大咧咧的人，上课从不记笔记。听说比我高一班的同学郑临川记录了，而且整理成一本《闻一多论唐诗》，出版了，这是大好事。

我颇具歪才，善能胡诌，闻先生很欣赏我。我曾替一个比我低一班的同学代笔写了一篇关于李贺的读书报告——西南联大一般课程都不考试，只于学期终了时交一篇读书报告即可给学分。闻先生看了这篇读书报告后，对那位同学说："你的报告写得很好，比汪曾祺写得还好！"其实我写李贺，只写了一点：别人的诗都是画在白底子上的画，李贺的诗是画在黑底子上的画，故颜色特别浓烈。这也是西南联大许多教授对学生鉴别的标准：不怕新，不怕怪，而不尚平庸，不喜欢人云亦云，只抄书，无创见。

唐立厂先生

唐先生有过一段romance（罗曼史），他和照料他生活的女孩子有了感情，为她写了好些首词。他也并不讳言，反而抄出来请中文系的教授、讲师传看。都是"花间体"。

　　唐立厂先生名兰，"立厂"是兰的反切。离名之反切为字，西南联大教授中有好几位。如王力——了一。这大概也是一时风气。

　　唐先生没有读过正式的大学，只在唐文治办的无锡国学馆读过，但因为他的文章为王国维、罗振玉所欣赏，一夜之间，名满京师。王国维称他为"青年文字学家"。王国维岂是随便"逢人说项"者乎？这样，他年轻轻地就在北京、辽宁（唐先生谓之奉天）等大学教了书。他在西南联大时已经是教授。他讲"说文解字"时，有几位已经很有名的教授都规规矩矩坐在教室里听。西南联大有这样一个好学风：你有学问，我就听你的课，不觉得这有什么丢人。唐先生对金文甲骨都有很深的研究。尤其是甲骨文。当时治甲骨文的学者号称有"四堂"：观堂（王国维）、雪堂（罗振玉）、彦堂（董作宾）、鼎堂（郭沫若），其实应该加上一厂（唐立厂）。难得的是他治学无门户之见。郭沫若研究古文字是自学，无师承，有些右派学者看不起他，唐立厂独不然，他对郭沫若很推崇，在一篇文章中说过"鼎堂导夫先路"，把郭置于诸家之前。他提起郭沫若总是读其本字"郭沫若"，沫音妹，不读泡沫的沫。唐先生是无锡人，说话用吴语，"郭""若"都是入声，听起来有一种特殊的味道，让人觉得亲切。唐先生说诸家治古文字是手工业，一个字一个字地认，他是小机器工业。他认出一个"斤"字，于是凡带斤字偏旁的字便都迎刃而解，一认一大批。在当时认古文字数量最多的应推唐立厂。

唐先生兴趣甚广，于学无所不窥。有一年教词选的教授休假，他自告奋勇，开了词选课。他教词选实在有点特别。他主要讲《花间集》，《花间集》以下不讲。其实他讲词并不讲，只是打起无锡腔，把这首词高声吟唱一遍，然后加一句短到不能再短的评语。

"双鬓隔香红啊，

"玉钗头上风。"

——好！真好！

这首词就算讲完了。学生听懂了没有？听懂了！从他的做梦一样的声音神情中，体会到了温飞卿此词之美了。讲是不讲，不讲是讲。

唐先生脑袋稍大，一年只理两次发，头发很长，他又是个鬈发，从后面看像一只狻猊——就是卢沟桥上的石狮子，也即是耍狮子舞的那种狮子，不是非洲狮子。他有一阵住在大观楼附近的乡下，请了一个本地的女孩子照料生活，洗洗衣裳，做饭。唐先生爱吃干巴菌，女孩子常给他炒青辣椒干巴菌。有时请几个学生上家里吃饭，必有这一道菜。

唐先生有过一段 romance（罗曼史），他和照料他生活的女孩子有了感情，为她写了好些首词。他也并不讳言，反而抄出来请中文系的教授、讲师传看。都是"花间体"。据我们系主任罗常培说："写得很艳！"

唐先生说话无拘束，想到什么就说。有一次在系办公室说起闻一多、罗膺中（庸），这是两个中文系上课最"叫座"的教授。闻先生教楚辞、唐诗、古代神话，罗先生讲杜诗。他们上课，教室里座无虚席，有一些工学院学生会从拓东路到大西门，穿过整个昆明城赶来听课。唐立厂当着系里很多教员、助教，大声评论他们二位："闻一多集穿凿附会之大成;罗膺中集啰唆之大成!"他的无锡语音使他的评论更富力度。教员、助教互相看看,不赞一词。"处世无奇但率真",唐立厂先生是一个胸无渣滓的率真的人。他的评论并无恶意,也绝无"打击别人,抬高自己"的用心。他没有想到这句话传到闻先生、罗先生耳中会不会使他们生气。也没有无聊的人会搬弄是非,传小话。即使闻先生、罗先生听到,也不会生气的。西南联大就是这样一所大学,这样的一种学风:宽容、坦荡、率真。

未尽才

> 你和他喝酒不能和他喝得一样多。如果跟他喝得一样多,他一定还要再喝。

陶光

陶光字重华,但我们背后都只叫他陶光。他是我的大一国文教作文的老师。西南联大大一教课文和教作文的是两个人。教课文的是教授、副教授,教作文的一般是讲师、助教。陶光当时是助教。陶光面白皙,风度翩翩。他有个特点,上课穿了两件长衫来,都是毛料的,外面一件是铁灰色的,里面一件是咖啡色的。进了教室就把外面一件脱了,挂在墙上的钉子上。外面一件就成了夹大衣。教作文,主要是修改学生的作文,评讲。他有时评讲到得意处,就把眼睛闭起来,很陶醉。有一个也是姓陶的女同学写了一篇抒情散文,记下雨天听一盲人拉二胡的感受,陶先生在一段的末尾给她加了一句:"那湿冷的声音湿冷了我的心。"当时我就记住了。也许是因为第二个"湿冷"是形容词做动词用,有点新鲜。也许是这一句的感伤主义情绪。

他后来转到云南大学教书去了,好像升了讲师。

后来我跟他熟起来是因为唱昆曲。云南大学中文系成立了一个曲社,教学生拍曲子的,主要的教师是陶光。吹笛子的是历史系教员张宗和。陶先生的曲子唱得很好,是跟红豆馆主学过的。他是唱冠生的,嗓子很好,高亮圆厚,底气很足。《拾画叫画》《八阳》《三醉》《琵琶记·辞朝》《迎像哭像》……都唱得慷慨淋漓,非常有感情。用现在的说法,他唱曲子是很"投入"的。

他主攻的学问是什么,我不了解。他是刘文典的学生,好像研究过《淮南子》。据说他的旧诗写得很好,我没有见过。他的字写得很好,是写二王的。我见过他为刘文典的《〈淮南子〉校注》石印本写的扉页的书题,极有功力。还见过他为一个同学写的小条幅,是写在桃红底子的冷金笺上的,四行:

故园东望路漫漫,

双袖龙钟泪不干。

马上相逢无纸笔,

凭君传语报平安。

字有《圣教序》笔意。选了这首唐诗,大概是有所感的,那时已抗战胜利,联大的老师、同学都做北归之计,他还要滞留云南。他常有感伤主义的气质,触景生情是很自然的。

他留在云南大学教书。我们北上后不大知道他的消息。听说经刘文典做媒,和一个唱滇戏的女演员结了婚。后来好像又离了。滇戏演员大概很难欣赏这位才子。

全国解放前他去了台湾,大概还是教书。后在台湾客死,遗诗一卷。我总觉得他在台湾是寂寞的。

陆

真抱歉,我连他的真名都想不起来了。和他同时期的研究生都叫他"小陆克"。陆克是 20 世纪 30 年代美国滑稽电影明星。叫他小陆克是没有道理的。他没有哪一点像陆克,只是因为他姓陆。长脸,个儿很高。两腿甚长,走起路来有点打晃。这个人物有点传奇性,他曾经徒步旅行了大半个中国。所以能完成这一壮举,大概是因为他腿长。

他在云南大学附近的一所中学——南英中学兼一点课,我也在南英中学教一班国文,联大同学在中学兼课的很多,这样我们就比较熟了。他的特点是一天到晚泡茶馆,可称为联大泡茶馆的冠军。他把脸盆、毛巾、牙刷都放在南英中学下坡对面的一家茶馆里,早起到茶馆洗脸,然后泡一碗茶,吃两个烧饼。他的手指特别长,拿烧饼的姿势是兰花手。吃了烧饼就喝茶看书。他好像是历史系的研究生,所看的大都是很厚的外文书。中午,出去随便吃点东西,回来重要一碗茶,接着泡,看书,整个下午。晚上出去吃点东西,回来接着泡。一直到灯火阑珊,才挟了厚书回南英中学睡觉。他看了那么多书,可是一直没见他写过什么东西。联大的研究生、高年级的学生,在茶馆里喜欢高谈阔论,他只是在一边听着,不发表他的见解。他到底有没有才华?我想是有的。也许他眼高手低?也许天性羞涩,不爱表现?

他后来到了重庆,听说生活很潦倒,到了吃不上饭。终于死在重庆。

朱南铣

朱南铣是个怪人。我是通过朱德熙和他认识的。德熙和他是中学同学。他个子不高，长得很清秀，一脸聪明相，一看就是江南人。研究生都很佩服他，因为他外文、古文都很好，很渊博。他和另外几个研究生被人称为"无锡学派"，无锡学派即钱钟书学派，其特点是学贯中西，博闻强记。他是念哲学的，可是花了很长时间钻研滇西地理。

他家在上海开钱庄，他有点"小开"脾气。我们几个人：朱德熙、王逊、徐孝通常和他一起喝酒。昆明的小酒铺都是窄长的小桌子，盛酒的是莲蓬大的绿陶小碗，一碗一两。朱南铣进门，就叫"摆满"，排得一桌酒碗。他最讨厌在吃饭时有人在后面等座。有一天，他和几个人快吃完了，后面的人以为这张桌子就要空出来了，不料他把堂倌叫来："再来一遍。"——把刚才上过的菜原样再上一次。

他只看外文和古文的书，对时人著作一概不看。我和德熙到他家开的钱庄去看他，他正躺在藤椅上看方块报。说："我不看那些学术文章，有时间还不如看看方块报。"

他请我们几个人到老正兴吃螃蟹喝绍兴酒。那天他和我都喝得大醉,回不了家,德熙等人把我们两人送到附近一家小旅馆睡了一夜。德熙后来跟我说:"你和他喝酒不能和他喝得一样多。如果跟他喝得一样多,他一定还要再喝。"这人非常好胜。

他后来在人民文学出版社当编辑,研究《红楼梦》。

听说他在咸宁干校,有一天喝醉酒,掉到河里淹死了。

他没有留下什么著作。他把关于《红楼梦》的独创性的见解都随手记在一些香烟盒上。据说有人根据他在香烟盒子上写的一两句话写成了很重要的论文。

怀念

辑五

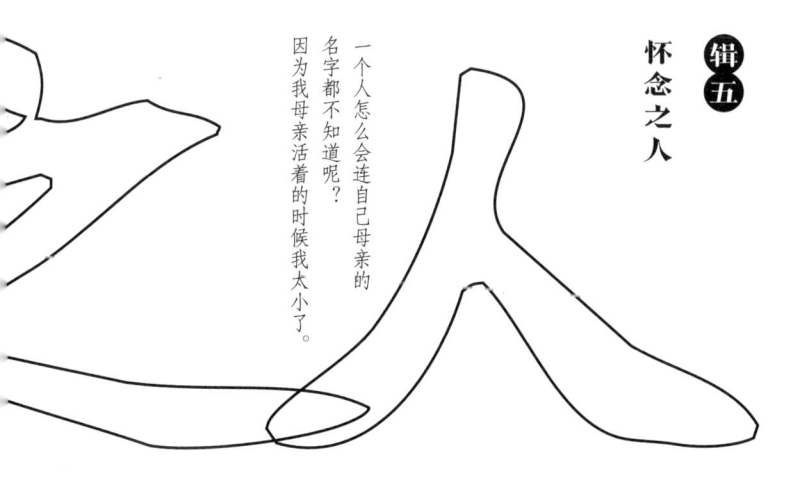

怀念之人

一个人怎么会连自己母亲的名字都不知道呢?因为我母亲活着的时候我太小了。

自报家门

> 我的继母有时提醒:"这几张纸,你该给人家画画了。"父亲看看红签,说:"这人已经死了。"

京剧的角色出台,大都有一段相当长的独白,向观众介绍自己的历史,最近遇到什么事,他将要干什么,叫作"自报家门"。过去西方戏剧很少用这种办法。西方戏剧的第一幕往往是介绍人物,通过别人之口互相介绍出剧中人。这实在很费事。中国的"自报家门"省事得多。我采取这种办法,也是为了图省事,省得麻烦别人。

法国 Annie Curien(安妮·居里安)女士打算翻译我的小说。她从波士顿要到另一个城市去,已经订好了飞机票,听说我要到波士顿,特意把机票退了,好跟我见一面。她谈了对我的小说的印象,谈得很聪明。有一点是别的评论家没有提过，我自己也从来没有意识到的。她说我很多小说里都有水。《大淖记事》是这样。《受戒》写水虽不多，但充满了水的感觉。我想了想，真是这样。这是很自然的。我的家乡是一个水乡。江苏北部一个不大的城市——高邮。在运河的旁边。运河西边，是高邮湖。城的地势低，据说运河的河底和城墙垛子一般高。我们小时候到运河堤上去玩，可以俯瞰堤下人家的屋顶。因此，常常闹水灾。县境内有很多河道。出城到乡镇，大都是坐船。农民几乎家家都有船。水不但于不自觉中成了我的一些小说的背景，并且也影响了我的小说的风格。水有时是汹涌澎湃的，但我们那里的水平常总是柔软的，平和的，静静地流着。

我是1920年生的。3月5日。按阴历算，那天正好是正月十五，元宵节。这是一个吉祥的日子。中国一直很重视这个节日，到现在还是这样。到了这天，家家吃"元宵"，南北皆然。沾了这个光，我每年的生日都不会忘记。

我的家庭是一个旧式的地主家庭。房屋、家具、习俗，都很旧。整所住宅，只有一处叫作"花厅"的三大间是明亮的，因为朝南的一溜大窗户是安玻璃的。其余的屋子的窗格上都糊的是白纸。一直到我读高中时，晚上有的屋里点的还是豆油灯。这在全城（除了乡下）大概找不出几家。

我的祖父是清朝末科的"拔贡"。这是略高于"秀才"的功名。据说要八股文写得特别好，才能被选为"拔贡"。他有相当多的田产，有两三千亩田，还开着两家药店，一家布店，但是生活却很俭省。他爱喝一点酒，酒菜不过是一个咸鸭蛋，而且一个咸鸭蛋能喝两顿酒。喝了酒有时就一个人在屋里大声背唐诗。他同时又是一个免费为人医治眼疾的眼科医生。我们家看眼科是祖传的。在孙辈里他比较喜欢我。他让我闻他的鼻烟。有一回我不停地打嗝，他忽然把我叫到跟前，问我他吩咐我做的事做好了没有。我想了半天：他吩咐过我做什么事呀？我使劲地想。他哈哈大笑："嗝不打了吧！"他说这是治打嗝的最好的办法。他教过我读《论语》，还教我写过初步的八股文，说如果在清朝，我完全可以中一个秀才（那年我才十三岁）。他赏给我一块紫色的端砚，好几本很名贵的原拓本字帖。一个封建家庭的祖父对于孙子的偏爱，也仅能表现到这个程度。

我的生母姓杨。杨家是本县的大族。在我三岁时，她就故去了。她得的是肺病，早就一个人住在一间偏屋里，和家人隔离了。她不让人把我抱去见她。因此我对她全无印象。我只能从她的遗像（据说画得很像）上知道她是什么样子。另外我从父亲的画室里翻出一摞她生前写的大楷，字写得很清秀。由此我知道我的母亲是读过书的。她嫁给我父亲后还能每天写一张大字，可见她还过着一种闺秀式的生活，不为柴米操心。

我父亲是我所知道的一个最聪明的人，多才多艺。他不但金石书画皆通，而且是一个擅长单杠的体操运动员，一名足球健将。他还练过中国的武术。他有一间画室，为了用色准确，裱糊得"四白落地"。他后来不常作画，以"懒"出名。他的画室里堆积了很多求画人送来的宣纸，上面都贴了一个红签："敬求法绘，赐呼××。"我的继母有时提醒："这几张纸，你该给人家画画了。"父亲看看红签，说："这人已经死了。"每逢春秋佳日，天气晴和，他就打开画室作画。我非常喜欢站在旁边看他画：对着宣纸端详半天，先用笔杆的一头或大拇指指甲在纸上划几道，决定布局，然后画花头、枝干、布叶、勾筋。画成了，再看看，收拾一遍；题字；盖章；用摁钉钉在板壁上，再反复看看。他年轻时曾画过工笔的菊花，能辨别、表现很多菊花品种。因为他是阴历九月生的，在中国，习惯把九月叫作菊月，所以对菊花特别有感情。后来就放笔作写意花卉了。他的画，照我看是很有功力的。可惜局处在一个小县城里，未能浪游万里，多睹大家真迹，又未曾学诗，题识多用成句，只成"一方之士"，声名传得不远。很可惜！他学过很多乐器，笙箫管笛，琵琶、古琴都会。他的胡琴拉得很好。几乎所有的中国乐器我们家都有过，包括唢呐、海笛。我吹过的箫和笛子是我一生中见过的最好的箫笛。他的手很巧，心很细。我母亲的冥衣（中国人相信人死了，在另一个世界——阴间还要生活，故用纸糊制了生活用物烧了，使死者可以"冥中收用"，统称冥器[1]）是他亲手糊的。他选购了各种砑花的色纸，糊了很多套，四季衣裳，单夹皮棉，应有尽有。"裘皮"剪得极细，和真的一样，还能分出"羊皮""狐皮"。他会糊风筝。有一年糊了一个蜈蚣——这是风筝中最难糊的一种，带着儿女到麦田里去放。蜈蚣在天上矫夭摆动，跟活的一样。这是我永远不能忘记的一天。他放蜈蚣用的是胡琴的"老弦"。用琴弦放风筝，我还未见过第二人。他养过鸟、养过蟋蟀。他用钻石刀把玻璃裁成小片，再用胶水一片一片逗拢粘固，做成小船、小亭子、八面玲珑绣球，在里面养金铃子——一种金色的小昆虫，磨翅发声如金铃。我父亲真是一个聪明人。如果我还不算太笨，大概跟我从父亲那里接受的遗传因子有点关系。我的审美意识的形成，跟我从小看他作画有关。

---

[1] 也作"明器"。

我父亲是个随便的人，比较有同情心，能平等待人。我十几岁时就和他对座饮酒，一起抽烟。他说："我们是多年父子成兄弟。"他的这种脾气也传给了我。不但影响了我和家人子女、朋友后辈的关系，而且影响了我对我所写的人物的态度以及对读者的态度。

我的小学和初中是在本县读的。

小学在一座佛寺的旁边，原来即是佛寺的一部分。我几乎每天放学都要到佛寺里逛一逛，看看哼哈二将、四大天王、释迦牟尼、迦叶阿难、十八罗汉、南海观音。这些佛像塑得很生动。这是我的雕塑艺术馆。

从我家到小学要经过一条大街，一条曲曲弯弯的巷子。我放学回家喜欢东看看，西看看，看看那些店铺、手工作坊：布店、酱园、杂货店、爆仗店、烧饼店、卖石灰麻刀的铺子、染坊……我到银匠店里去看银匠在一个模子上錾出一个小罗汉，到竹器厂看师傅怎样把一根竹竿做成笆草的笆子，到车匠店看车匠用硬木车旋出各种形状的器物，看灯笼铺糊灯笼……百看不厌。有人问我是怎样成为一个作家的，我说这跟我从小喜欢东看看西看看有关。这些店铺、这些手艺人使我深受感动，使我闻嗅到一种辛苦、笃实、轻甜、微苦的生活气息。这一路的印象深深注入了我的记忆，我的小说有很多篇写的便是这座封闭的、褪色的小城的人事。

初中原是一个道观,还保留着一个放生鱼池,池上有飞梁(石桥),一座原来供奉吕洞宾(八仙之一)的小楼和一座小亭子,亭子四周长满了紫竹(竹竿深紫色)。这种竹子别处少见。学校后面有小河,河边开着野蔷薇。学校挨近东门,出东门是杀人的刑场。我每天沿着城东的护城河上学、回家,看柳树,看麦田,看河水。

我自小学五年级至初中毕业,教国文的都是一位姓高的先生。高先生很有学问。他很喜欢我。我的作文几乎每次都是"甲上"(A+)。在他所授古文中,我受影响最深的是明朝大散文家归有光的几篇代表作。归有光以轻淡的文笔写平常的人物,亲切而凄婉。这和我的气质很相近。我现在的小说里还时时回响着归有光的余韵。

我读的高中是江阴的南菁中学。这是一座创立很早的学校,至今已有百余年历史。这个学校注重数理化,轻视文史。但我买了一部词学丛书,课余常用毛笔抄宋词,既练了书法,也略窥了词意。词大都是抒情的,多写离别,这和少年人每易有的无端感伤情绪易于相合。到现在我的小说里还常有一点隐隐约约的哀愁。

读了高中二年级,日本人占领了江南,江北危急。我随祖父、父亲在离城稍远的一个村庄的小庵里避难。在庵里大概住了半年。我在《受戒》里写了和尚的生活。这篇作品引起注意，不少人问我当过和尚没有。我没有当过和尚。在这座小庵里我除了带了准备考大学的教科书，只带了两本书，一本《沈从文小说选》，一本屠格涅夫的《猎人笔记》。说得夸张一点，可以说这两本书定了我的终身。这使我对文学形成比较稳定的兴趣，并且对我的风格产生深远的影响。我父亲也看了沈从文的小说，说："小说也是可以这样写的？"我的小说也有人说是不像小说，其来有自。

1939年，我从上海经香港、越南到昆明考大学。到昆明，得了一场恶性疟疾，住进了医院。这是我一生第一次住院，也是唯一的一次。高烧超过四十摄氏度。护士给我注射了强心针，我问她："要不要写遗书？"我刚刚能喝一碗蛋花汤，晃晃悠悠进了考场。考完了，一点把握没有。天保佑，发了榜，我居然考中了第一志愿：西南联大中国文学系！

我成不了语言文字学家。我对古文字有兴趣的只是它的美术价值——字形。我一直没有学会国际音标。我不会成为文学史研究者或文学理论专家，我上课很少记笔记，并且时常缺课。我只能从兴趣出发，随心所欲、乱七八糟地看一些书，白天在茶馆里，夜晚在系图书馆。于是，我只能成为一个作家了。

不能说我在投考志愿书上填了西南联大中国文学系是冲着沈从文去的,我当时有点恍恍惚惚,缺乏任何强烈的意志。但是"沈从文"是对我很有吸引力的,我在填表前是想到过的。

沈先生一共开过三门课:"各体文习作""创作实习""中国小说史",我都选了。沈先生很欣赏我。我不但是他的入室弟子,而且可以说是得意高足。

沈先生实在不大会讲课。讲话声音小,湘西口音很重,很不好懂。他讲课没有讲义,不成系统,只是即兴地漫谈。他教创作,反反复复,经常讲的一句话是:要贴到人物来写。很多学生都不大理解这是什么意思。我是理解的。照我的理解,他的意思是:在小说里,人物是主要的,主导的,其余的都是次要的,派生的。作者的心要和人物贴近,富同情,共哀乐。什么时候作者的笔贴不住人物,就会虚假。写景,是制造人物生活的环境,写景处即是写人,景和人不能游离。常见有的小说写景极美,但只是作者眼中之景,与人物无关,这样有时甚至会使人物疏远。即作者的叙述语言也须和人物相协调,不能用知识分子的语言去写农民。我相信我的理解是对的。这也许不是写小说唯一的原则(有的小说可以不着重写人,也有的小说只是作者在那里发议论),但是是重要的原则。至少在现实主义的小说里,这是重要原则。

沈先生每次进城(为了躲日本飞机空袭,他住在昆明附近呈贡的乡下,有课时才进城住两三天),我都去看他。还书、借书,听他和客人谈天。他上街,我陪他同去,逛寄卖行、旧货摊,买耿马漆盒(一种圆筒形的竹胎绘红黑两色花纹的缅甸漆盒),买火腿月饼。饿了,就到他的宿舍对面的小铺吃一碗加一个鸡蛋的米线(用米粉压制的"面条")。有一次我喝得烂醉,坐在路边,他以为是一个生病的难民,一看,是我!他和几个同学把我架到宿舍里,灌了好些酽茶,我才清醒过来。有一次我去看他,牙疼,腮帮子肿得老高,他不说一句话,出去给我买了几个大橘子。

我读的是中国文学系,但是大部分时间是看翻译小说。当时在联大比较时髦的是 A. 纪德,后来是萨特。我二十岁开始发表作品。外国作家我受影响较大的是契诃夫,还有一个西班牙作家阿左林。我很喜欢阿左林,他的小说像是覆盖着阴影的小溪,安安静静的,同时又是活泼的,流动的。我读了一些萧金妮亚·沃尔芙[1]的作品,读了普鲁斯特小说的片

---

[1] 即弗吉尼亚·伍尔夫。——编者注

段。我的小说有一个时期明显地受了意识流方法的影响,如《小学校的钟声》《复仇》。

离开大学后,我在昆明郊区一个联大同学办的中学教了两年书。《小学校的钟声》和《复仇》便是这时写的。当时没有地方发表。后来由沈先生寄给上海的《文艺复兴》,郑振铎先生打开原稿,发现上面已经叫蠹虫蛀了好些小洞。

1946年初秋,我由昆明到上海,经李健吾先生介绍,到一个私立中学教了两年书,1948年初春离开。这两年写了一些小说,结为《邂逅集》。

到北京,失业半年,后来到历史博物馆任职。陈列室在午门城楼上,展出的文物不多,游客寥寥无几。职员里住在馆里的只有我一个人。我住的那间屋据说原是锦衣卫值宿的屋子。为了防火,当时故宫范围内都不装电灯,我就到旧货摊上买了一盏白磁罩子的古式煤油灯。晚上灯下读书,不知身在何世。北京一解放,我就报名参加了四野南下工作团。

我原想随四野一直打到广州,积累生活,写一点刚劲的作品,不想到武汉就被留下来接管文教单位,后来又被派到一个女子中学当副教导主任。一年之后,我又回到北京,到北京市文联工作。1954年,调中国民间文艺研究会。

自 1950 年至 1958 年，我一直当文艺刊物编辑，编过《北京文艺》《说说唱唱》《民间文学》。我对民间文学是很有感情的。民间故事丰富的想象和农民式的幽默，民歌的比喻新鲜和韵律的精巧使我惊奇不已。但我对民间文学的感情被割断了。1958 年，我被划成右派，下放到长城外面的一个农业科学研究所劳动，将近四年。

这四年对我来说是很重要的。我和农业工人（即是农民）一同劳动，吃一样的饭，晚上睡在一间大宿舍里，一铺大炕上（枕头挨着枕头，虱子可以自由地从最东边一个人的被窝里爬到最西边的被窝里）。我比较切实地看到中国的农村和中国的农民是怎么回事。

1962 年初，我调到北京京剧团当编剧，一直到现在。

我二十岁开始发表作品，今年六十八岁，写作时间不可谓不长，但我的写作一直是断断续续、一阵一阵的，因此数量很少。过了六十岁，就听到有人称我为"老作家"，我觉得很不习惯。第一，我不大意识到我是一个作家；第二，我没有觉得我已经老了。近两年逐渐习惯了。有什么办法呢，岁数不饶人。杜甫诗："座下人渐多。"现在每有宴会，我常被请到上席。我已经出了几本书，有点影响，再说我不是作家，就有点矫情了。我算个什么样的作家呢？

我年轻时受过西方现代派的影响，有些作品很"空灵"，甚至很不好懂。这些作品都已散失。有人说翻翻旧报刊，是可以找到的，劝我搜集起来出一本书。我不想干这种事。实在太幼稚，而且和人民的疾苦距离太远。我近年的作品渐趋平实。在北京市作协讨论我的作品的座谈会上，我做了一个简短的发言，题为"回到民族传统，回到现实主义"，这大体上可以说是我现在的文学主张。我并不排斥现代主义。每逢有人诋毁青年作家带有现代主义倾向的作品时，我常会为他们辩护。我现在有时也偶尔还写一点很难说是纯正的现实主义的作品，比如《昙花、鹤和鬼火》。就是在通体看来是客观叙述的小说中有时还夹带一点意识流片段，不过评论家不易察觉。我的看似平常的作品其实并不那么老实。我希望能做到融奇崛于平淡，纳外来于传统，不今不古，不中不西。

我是较早意识到要把现代创作和传统文化结合起来的。和传统文化脱节，我以为是开国以后，20世纪50年代文学的一个缺陷。——有人说这是中国文化的"断裂"，这说得严重了一点。有评论家说我的作品受了老庄思想的影响，可能有一点。我在昆明教中学时案头常放的一本书是《庄子集解》。但是我对庄子感到极大的兴趣的，主要是其文章，至于他的思想，我到现在还不甚了了。我自己想想，我受影响较深的，还是儒家。我觉得孔夫子是个很有人情味的人，并且是个诗人。他可以发脾气，赌咒发誓。我很喜欢《论语·子路曾晳冉有公西华侍坐》。

"点，尔何如？"

鼓瑟希，铿尔，舍瑟而作，对曰："异乎三子者之撰。"

子曰："何伤乎，亦各言其志也。"

曰："莫春者，春服既成，冠者五六人，童子六七人，浴乎沂，风乎舞雩，咏而归。"

夫子喟然叹曰："吾与点也。"

这写得实在非常美。曾点的超功利的率性自然的思想是生活境界的美的极致。

我很喜欢宋儒的诗：

万物静观皆自得，
四时佳兴与人同。

说得更实在的是：

顿觉眼前生意满，

须知世上苦人多。

我觉得儒家是爱人的，因此我自许为"中国式的人道主义者"。

我的小说似乎不讲究结构。我在一篇谈小说的短文中，说结构的原则是：随便。有一位年龄略低我的作家每谈小说，必谈结构的重要。他说："我讲了一辈子结构，你却说：'随便！'"我后来在谈结构的前面加了一句话："苦心经营的随便。"他同意了。我不喜欢结构痕迹太露的小说，如莫泊桑，如欧·亨利。我倾向"为文无法"，即无定法。我很向往苏轼所说的："如行云流水，初无定质，但常行于所当行，常止于所不可不止，文理自然，姿态横生。"我的小说在国内被称为"散文化"的小说。我以为散文化是世界短篇小说发展的一种（不是唯一的）趋势。

我很重视语言，也许过分重视了。我以为语言具有内容性，语言是小说的本体，不是外部的，不只是形式、技巧。探索一个作者的气质，他的思想（他的生活态度，不是观念），必须由语言入手，并始终浸在作者的语言里。语言具有文化性。作品的语言映照出作者的全部文化修养。语言的美不在一个一个句子，而在句与句之间的关系。包世臣论王羲之字，看来参差不齐，但如老翁携带幼孙，顾盼有情，痛痒相关。好的语言正当如此。语言像树，枝干内部液汁流转，一枝摇，百枝摇。语言像水，是不能切割的。一篇作品的语言，是一个有机的整体。

我认为一篇小说是作者和读者共同创作的。作者写了，读者读了，创作过程才算完成。作者不能什么都知道，都写尽了。要留出余地，让读者去捉摸，去思索，去补充。中国画讲究"计白当黑"。包世臣论书以为当使字之上下左右皆有字。宋人论崔颢的《长干行》"无字处皆有字"。短篇小说可以说是"空白的艺术"。办法很简单：能不说的话就不说。这样一篇小说的容量就会更大，传达的信息就更多。以己少少许，胜人多多许。短了，其实是长了。少了，其实是多了。这是很划算的事。

我这篇《自报家门》实在太长了。

我的祖父祖母

祖母是吃长斋的。有一年祖父生了一场大病,她在佛前许愿,从此吃了长斋。

我的祖父名嘉勋,字铭甫。他的本名我只在名帖上见过。我们那里有个风俗,大年初一,多数店铺要把东家的名帖投到常有来往的别家店铺。初一,店铺是不开门的,都是天不亮由门缝里插进去。名帖是前两天由店铺的"相公"(学生)在一张一张八寸长、五寸宽的大红纸上用一个木头戳子蘸了墨汁盖上去的,楷书,字有核桃大。我有时也愿意盖几张。盖名帖使人感到年就到了。我盖一张,总要端详一下那三个乌黑的欧体正字:汪嘉勋。好像对这三个字很有感情。

祖父中过拔贡,是前清末科,从那以后就废科举改学堂了。他没有能考取更高的功名,大概是终身遗憾的。拔贡是要文章写得好的。听我父亲说,祖父的那份墨卷是出名的,那种章法叫作"夹凤股"。我不知道是该叫"夹凤"还是"夹缝",当然更不知道是如何一种"夹"法。拔贡是做不了官的。功名道断,他就在家经营自己的产业。他是个创业的人。

我们家原是徽州人(据说全国姓汪的原来都是徽州人),迁居高邮,从我祖父往上数,才七代。祠堂里的祖宗牌位没有多少块。高邮汪家上几代功名似都不过举人,所做的官也只是"教谕""训导"之类的"学官",因此,在邑中不算望族。我的曾祖父曾在外地做过官,后来做"盐票"亏了本。"盐票"亦称"盐引",是包给商人销售官盐的执照,大概是近似股票之类的东西,我也弄不清做盐票怎么就会亏了,甚至把家产都赔尽了。听我父亲说,我们后来的家业是祖父几乎赤手空拳地创出来的。

创业不外两途:置田地,开店铺。

祖父手里有多少田,我一直不清楚。印象中有两千多亩,这是个不小的数目。但他的田好田不多。一部分在北乡。北乡田瘦,有的只能长草,谓之"草田"。年轻时他是亲自管田的,常常下乡。后来请人代管,田地上的事就不再过问。我们那里有一种人,专替大户人家管田产,叫作"田禾先生"。看青(估产)、收租、完粮、丈地……这也是一套学问。田禾先生大都是世代相传的。我们家的田禾先生姓龙,我们叫他龙先生。他给我留下颇深的印象,是因为他骑驴。我们那里的驴一般都是牵磨用,极少用来乘骑。龙先生的家不在城里,在五里坝。他每逢进城办事或到别的乡下去,都是骑驴。他的驴拴在檐下,我爱喂它吃粽子叶。龙先生总是关照我把包粽子的麻筋拣干净,说是驴吃了会把肠子缠住。

祖父所开的店铺主要是两家药店,一家万全堂,在北市口,一家保全堂,在东大街。这两家药店过年贴的春联是祖父自撰的。万全堂是"万花仙掌露,全树上林春",保全堂是"保我黎民,全登寿域"。祖父的药店信誉很好,他坚持必须卖"地道药材"。药店一般倒都不卖假药,但是常常不很地道。尤其是丸散,常言"神仙难识丸散",连做药店的内行都不能分辨这里该用的贵重药料,麝香、珍珠、冰片之类是不是上色足量。万全堂的制药的过道上挂着一副金字对联:"修合虽无人见,存心自有天知。"并非虚语。我们县里有几个门面辉煌的大药店,店里的店员生了病,配方抓药,都不在本店,叫家里人到万全堂抓。祖父并不到店问事,一切都交给"管事"(经理)。只到每年腊月二十四,由两位管事挟了总账,到家里来,向祖父报告一年营业情况。因为信誉好,盈利是有保证的。我常到两处药店去玩,尤其是保全堂,几乎每天都去。我熟悉一些中药的加工过程，熟悉药材的形状、颜色、气味。有时也参加搓"梧桐子大"的蜜丸、碾药，摊膏药。保全堂的"管事"、"同事"（配药的店员）、"相公"（学生意未满师的）跟我关系很好。他们对我有一个很亲切的称呼，不叫我的名字，叫"黑少"——我小名叫黑子。我这辈子没有人这样称呼过我。我的小说《异秉》写的就是保全堂的生活。

祖父是很有名的眼科医生。汪家世代都是看眼科的。他有一球眼药，有一个柚子大，黑咕隆咚的。祖父给人看了眼，开了方子，祖母就用一把大剪子从黑柚子的窟窿抠出耳屎大一小块，用纸包了交给病人，嘱咐病人用清水化开，用灯草点在眼里。这一球眼药不知道有多少年头了，据说很灵。祖父为人看眼病是不收钱也不受礼的。

中年以后，家道渐丰，但是祖父生活俭朴，自奉甚薄。他爱喝一点好茶，西湖龙井。饭食很简单。他总是一个人吃，在堂屋一侧放一张"马杌"——较大的方凳，便是他的餐桌。坐小板凳。他爱吃长鱼（鳝鱼）汤下面。面下在白汤里，汤里的长鱼捞出来便是酒菜。——他每顿用一个五彩釉画公鸡的茶盅喝一盅酒。没有长鱼，就用咸鸭蛋下酒。一个咸鸭蛋吃两顿。上顿吃一半，把蛋壳上掏蛋黄蛋白的小口用一块小纸封起来，下顿再吃。他的马杌上从来没有第二样菜。喝了酒，常在房里大声背唐诗："李白斗酒诗百篇，长安市上酒家眠。天子呼来不上船，自称臣是酒……中……仙……"汪铭甫的俭省，在我们县是有名的。

但是他曾有一个时期舍得花钱买古董字画。他有一套商代的彝鼎，是祭器。不大，但都有铭文。难得的是五件能配成一套。我们县里有钱人家办丧事，六七开吊，常来借去在供桌上摆一天。有一个大霁红花瓶，高可四尺，是明代物。1986年我回乡时，我的妹婿问我："人家都说汪家有个大霁红花瓶，是有过吗？"我说："有过！"我小时天天看见，放在"老爷柜"（神案）上，不过我们并不觉得它有什么名贵，和老爷柜上的锡香炉烛台同等看待之。他有一个奇怪古董：浑天仪。不是陈列在南京紫金山天文台和北京观象台的那种大家伙，只是一个直径约四寸的铜的滴溜圆的圆球，上面有许多星星，下面有一个把，安在紫檀木座上。就放在他床前的小条桌上。我曾趴在桌上细细地看过，没有什么好看。是明代御造的。其珍贵处在一次一共只造了几个。祖父不知是从哪里买来的。他还为此起了一个斋名"浑天仪室"，让我父亲刻了一块长方形的图章。他有几张好画。有四幅马远的小屏条。他曾为这四张画亲自到苏州去，请有名的细木匠做了檀木框，把画嵌在里面。对这四幅画的真伪，我有点怀疑，画的构图颇满，不像"马一角"。但"年份"是很旧的。有一个高约八尺的绢地大中堂，画的是《报喜图》。一棵很大的柏树，树上有十多只喜鹊，下面卧着一头豹子。作者是吕纪。我小时候不知吕纪是何许人，只觉得画得很像，豹子的毛是一根一根地画出来的，真亏他有那么多工夫！这几幅画平常是不让人见的，只在他六十大寿时拿出来挂过。同时挂出来的字画，我记得有郑板桥的六尺大横幅，纸本，画的是兰花；陈曼生的隶书对联；汪琬的楷书对联。我对汪琬的对子很有兴趣，字很端秀，尤其是对子的纸，真好看，豆绿色的蜡笺。他有很多字帖，是一次从夏家买下来的。夏家是百年以上的大家，号"十八鹤来堂夏家"（据说堂建成时有十八只仙鹤飞来）。夏家的房屋极多而大，花园里有合抱的大桂花，有曲沼流泉，人称"夏家花园"。后来败落了，就出卖藏书字画。祖父把几箱字帖都买了。我小时候写的《圭峰碑》《闲邪公家传》，以及后来奖励给我的虞世南的《夫子庙堂碑》、褚遂良的《圣教序》、小字《麻姑仙坛》，都是初拓本，原是夏家的东西。祖父有两件宝。一是一块蕉叶白大端砚。据我父亲说，颜色正如芭蕉叶的背面。是夏之蓉的旧物。一是《云麾将军碑》，据说是个很早的拓本，海内无二，这两样东西祖父视为性命，每遇"兵荒"，就叫我父亲首先用油布包了埋起来。这两件宝物,我都没有看见过。解放后还在,现在不知下落。

我弄不清祖父的"思想"是怎么回事。他是幼读孔孟之书的,思想的基础当然是儒家。他是学佛的,在教我读《论语》的桌上有一函《南无妙法莲华经》。他是印光法师的弟子。他屋里的桌上放的两部书,一部是顾炎武的《日知录》,另一部是《红楼梦》!更不可理解的是,他订了一份杂志:邹韬奋编的《生活周刊》。

我的祖父本来是有点浪漫主义气质、诗人气质的,只是所处的环境使他的个性不可能得到发展。有一年,为了避乱,他和我父亲这一房住在乡下一个小庙里,即我的小说《受戒》所写的菩提庵里,就住在小说所写"一花一世界"那间小屋里。这样他就常常让我陪他说说闲话。有一天,他喝了酒,忽然说起年轻时的一段风流韵事,说得老泪纵横。我没怎么听明白,又不敢问个究竟。后来我问父亲:"是有那么一回事吗?"父亲说:"有!是一个什么大官的姨太太。"老人家不知为什么要跟他的孙子说起他的艳遇,大概他的尘封的感情也需要宣泄宣泄吧。因此我觉得我的祖父是个人。

我的祖母是谈人格的女儿。谈人格是同光间本县最有名的诗人,一县人都叫他"谈四太爷"。我的小说《徙》里所写的谈甓渔就是参照一些关于他的传说写的。他的诗我在小说

《故里杂记·李三》的附注里引用过一首《警火》。后来又读了友人从旧县志里抄出寄来的几首。他的诗明白晓畅,是"元和体",所写多与治水、修坝、筑堤有关,是"为事而发",属闲适一类者较少。看来他是一个关心世务的明白人,县人所传关于他的糊涂放诞的故事不怎么可靠。

祖母是个很勤劳的人,一年四季不闲着。做酱。我们家吃的酱油都不到外面去买。把酱豆瓣加水熬透,用一个牛腿似的布兜子"吊"起来,酱油就不断由布兜的末端一滴一滴滴在盆里。这"酱油兜子"就挂在祖母所住房外的廊檐上。逢年过节,有客人,都是她亲自下厨。她做的鱼圆非常嫩。上坟祭祖的祭菜都是她做的。端午,包粽子。中秋洗"连枝藕"——藕得有五节,极肥白,是供月亮用的。做糟鱼。糟鱼烧肉,我小时候不爱吃那种味,现在想起来是很好吃的东西。腌咸蛋。入冬,腌菜。腌"大咸菜",用一个能容五担水的大缸腌"青菜"。我的家乡原来没有大白菜,只有青菜,似油菜而大得多。腌芥菜。腌"辣菜"——小白菜晾去水分,入芥末同腌,过年时开坛,色如淡金,辣味冲鼻,极香美。自离家乡,我从来没吃过这么好吃的咸菜。风鸡——大公鸡不去毛,揉入粗盐,外包荷叶,悬之于通风处,约二十日即得,久则愈佳。除夕,要吃一顿"团圆饭",祖父与儿孙同桌。团圆饭必有一道鸭羹汤,鸭丁与山药丁、慈姑丁同煮。这是徽州菜。大年初一,祖母头一个起来,包"大圆子",即汤团。我们家的大圆子特别"油"。圆子馅前十天就以洗沙猪油拌好,每天放在饭锅头蒸一次,油都"吃"进洗沙里去了,煮出,咬破,满嘴油。这样的圆子我最多能吃四个。

祖母的针线很好。祖父的衣裳鞋袜都是她缝制的。祖父六十岁时,祖母给他做了几双"挖云子"的鞋——黑呢鞋面上挖出"云子",内衬大红薄呢里子。这种鞋我只在戏台上和古画上见过。老太爷穿上,高兴得像个孩子。祖母还会剪花样。我的小说《受戒》写小英子的妈赵大娘会剪花样,这细节是从我祖母身上借去的。

祖母对祖父照料得非常周到。每天晚上用一个"五更鸡"(一种点油的极小的炉子)给他炖大枣。祖父想吃点甜的,又没有牙,祖母就给他做花生酥——花生用饼槌碾细,掺绵白糖,在一个针箍子(即顶针)里压成一个个小圆糖饼。

祖母是吃长斋的。有一年祖父生了一场大病,她在佛前许愿,从此吃了长斋。她吃的菜离不了豆腐、面筋、皮子(豆腐皮)……她的素菜里最好吃的是香蕈(即冬菇)饺子。香蕈熬汤,荠菜馅包小饺子,油炸后倾入滚汤中,刺啦一声。这道菜她一生中也没有吃过几次。

她没有休息的时候。没事时也总在捻麻线。一个牛拐骨，上面有个小铁钩，续入麻丝后，用手一转牛拐，就捻成了麻线。我不知道她捻那么多麻线干什么，肯定是用不完的。小时候读归有光的《先妣事略》："孺人不忧米盐，乃劳苦若不谋夕。"觉得我的祖母就是这样的人。

祖母很喜欢我。夏天晚上，我们在天井里乘凉，她有时会摸着黑走过来，躺在竹床上给我"说古话"（讲故事）。有时她唱"偈"，声音哑哑的："观音老母站桥头……"这是我听她唱过的唯一的"歌"。

1991年10月，我回了一趟家乡，我的妹妹、弟弟说我长得像祖母。他们拿出一张祖母的六寸相片，我一看，是像，尤其是鼻子以下，两腮，嘴，都像。我年轻时没有人说过我像祖母。大概年轻时不像，现在，我老了，像了。

多年父子成兄弟

> 一个想用自己理想的模式塑造自己的孩子的父亲是愚蠢的,而且,可恶!

这是我父亲的一句名言。

父亲是个绝顶聪明的人。他是画家,会刻图章,画写意花卉。图章初宗浙派,中年后治汉印。他会摆弄各种乐器,弹琵琶,拉胡琴,笙箫管笛,无一不通。他认为乐器中最难的其实是胡琴,看起来简单,只有两根弦,但是变化很多,两手都要有功夫。他拉的是老派胡琴,弓子硬,松香滴得很厚——现在拉胡琴的松香都只滴了薄薄的一层。他的胡琴音色刚亮。胡琴码子都是他自己刻的,他认为买来的不中使。他养蟋蟀,养金铃子。他养过花。他养的一盆素心兰在我母亲病故那年死了,从此他就不再养花。我母亲死后,他亲手给她做了几箱子冥衣——我们那里有烧冥衣的风俗。按照母亲生前的喜好，选购了各种花素色纸做衣料，单夹皮棉，四时不缺。他做的皮衣分得出小麦穗、羊羔、灰鼠、狐肷。

父亲是个很随和的人，我很少见他发过脾气，对待子女，从无疾言厉色。他爱孩子，喜欢孩子，爱跟孩子玩，带着孩子玩。我的姑妈称他为"孩子头"。春天，不到清明，他领一群孩子到麦田里放风筝。放的是他自己糊的蜈蚣（我们那里叫"百脚"），是用染了色的绢糊的。放风筝的线是胡琴的老弦。老弦结实而轻，这样风筝可笔直地飞上去，没有"肚儿"。用胡琴弦放风筝，我还未见过第二人。清明节前，小麦还没有"起身"，是不怕践踏的，而且越踏会越长得旺。孩子们在屋里闷了一冬天，在春天的田野里奔跑跳跃，身心都极其畅快。他用钻石刀把玻璃裁成不同形状的小块，再一块一块逗拢，接缝处用胶水粘牢，做成小桥、小亭子、八角玲珑水晶球。桥、亭、球是中空的，里面养了金铃子。从外面可以看到金铃子在里面自在爬行，振翅鸣叫。他会做各种灯。用浅绿透明的"鱼鳞纸"扎了一只纺织娘，栩栩如生。用西洋红染了色，上深下浅，通草做花瓣，做了一个重瓣荷花灯，真是美极了。用小西瓜（这是拉秧的小瓜，因其小，不中吃，叫作"打瓜"或"笃瓜"）上开小口挖净瓜瓤，在瓜皮上雕镂出极细的花纹，做成西瓜灯。我们在这些灯里点了蜡烛，穿街过巷，邻居的孩子都跟过来看，非常羡慕。

父亲对我的学业是关心的，但不强求。我小时了了，国文成绩一直是全班第一。我的作文，时得佳评，他就拿出去到处给人看。我的数学不好，他也不责怪，只要能及格，就行了。他画画，我小时也喜欢画画，但他从不指点我。他画画时，我在旁边看。其余时间由我自己乱翻画谱，瞎抹。我对写意花卉那时还不太会欣赏，只是画一些鲜艳的大桃子，或者我从来没有见过的瀑布。我小时字写得不错，他倒是给我出过一点主意。在我写过一阵"圭峰碑"和"多宝塔"以后，他建议我写写"张猛龙"。这建议是很好的，到现在我写的字还有"张猛龙"的影响。我初中时爱唱戏，唱青衣，我的嗓子很好，高亮甜润。在家里，他拉胡琴，我唱。我的同学有几个能唱戏的。学校开同乐会，他应我的邀请，到学校去伴奏。几个同学都只是清唱。有一个姓费的同学借到一顶纱帽，一件蓝官衣，扮起来唱《朱砂井》，但是没有配角，没有衙役，没有犯人，只是一个赵廉，摇着马鞭在台上走了两圈，唱了一段"郿坞县在马上心神不定"，便完事下场。父亲那么大的人陪着几个孩子玩了一下午，还挺高兴。我十七岁初恋，暑假里，在家写情书，他在一旁瞎出主意！我十几岁就学会了抽烟喝酒。他喝酒，给我也倒一杯。抽烟，一次抽出两根，他一根，我一根。他还总是先给我点上火。我们的这种关系，他人或以为怪。父亲说："我们是多年父子成兄弟。"

我和儿子的关系也是不错的。我戴了"右派分子"的帽子下放张家口农村劳动，他那时还从幼儿园刚毕业，刚刚学会汉语拼音，用汉语拼音给我写了第一封信。我也只好赶紧学会汉语拼音，好给他写回信。"文化大革命"期间，我被打成"黑帮"，关进"牛棚"。偶尔回家，孩子们对我还是很亲热。我的老伴告诫他们"你们要和爸爸'划清界限'"，儿子反问她："那你怎么还给他打酒？"只有一件事，两代之间，曾有分歧。他下放山西忻县"插队落户"。按规定，春节可以回京探亲，我们等着他回来。不料他同时带回了一个同学。他的这个同学的父亲是一位正受林彪迫害，搞得人囚家破的空军将领。这个同学在北京已经没有家，按照大队的规定是不能回北京的，但是这孩子很想回北京，在一伙同学的秘密帮助下，我的儿子就偷偷地把他带回来了。他连"临时户口"也不能上，是个"黑人"，我们留他在家住，等于"窝藏"了他。公安局随时可以来查户口，街道办事处的大妈也可能举报。当时人人自危，自顾不暇，儿子惹了这么一个麻烦，使我们非常为难。我和老伴把他叫到我们的卧室，对他的冒失行为表示很不满。我责备他："怎么事前也不和我们商量一下！"我的儿子哭了，哭得很委屈，很伤心。我们当时立刻明白了：他是对的，我们是错的。我们这种怕担干系的思想是庸俗的，我们对儿子和同学之间的义气缺乏理解，对他的感情不够尊重。他的同学在我们家一直住了四十多天，才离去。

对儿子的几次恋爱，我采取的态度是"闻而不问"。了解，但不干涉。我们相信他自己的选择，他的决定。最后，他悄悄和一个小学时期的女同学好上了，结了婚，有了一个女儿，已近七岁。

我的孩子有时叫我"爸"，有时叫我"老头子！"，连我的孙女也跟着叫。我的亲家母说这孩子"没大没小"。我觉得一个现代的、充满人情味的家庭，首先必须做到"没大没小"。父母叫人敬畏，儿女"笔管条直"，最没有意思。

儿女是属于他们自己的。他们的现在和他们的未来，都应由他们自己来设计。一个想用自己理想的模式塑造自己的孩子的父亲是愚蠢的，而且，可恶！另外，作为一个父亲，应该尽量保持一点童心。

我的母亲

> 一个人怎么会连自己母亲的名字都不知道呢?因为我母亲活着的时候我太小了。

我父亲结过三次婚。

我的生母姓杨。我不知道她的学名。杨家不论男女都是排行的。我母亲那一辈"遵"字排行,我母亲应该叫杨遵什么。前年我写信问我的姐姐,我们的母亲叫什么。姐姐回信说,叫"强四"。我觉得很奇怪,怎么叫这么个名呢?是小名吗?也不大像。我知道我母亲不是行四。一个人怎么会连自己母亲的名字都不知道呢?因为我母亲活着的时候我太小了。

我三岁的时候,母亲就故去了。我对她一点印象都没有。她得的是肺病,病后即移住在一个叫"小房"的房间里,她也不让人把我抱去看她。我只记得我父亲用一个煤油箱自制了一个炉子，煤油箱横放着，有两个火口，可以同时为母亲熬粥，熬参汤、燕窝，另外还记得我父亲雇了一只船陪她到淮城去就医，我是随船去的。我记得小船中途停泊时，父亲在船头钓鱼，还记得船舱里挂了好多大头菜。我一直记得大头菜的气味。

我只能从母亲的画像看看她。据我的大姑妈说，这张像画得很像。画像上的母亲很瘦，眉尖微蹙。样子和我的姐姐很相似。

我母亲是读过书的。她病倒之前每天还写一张大字。我曾在我父亲的画室里找出一摞母亲写的大字，字写得很清秀。

前年我回家乡，见着一个老邻居，她记得我母亲。看见过我母亲在花园里看花。——这家邻居和我们家的花园只隔一堵短墙。我母亲叫她"小新娘子"。"小新娘子，过来过来，给你一朵花戴。"我于是好像看见母亲在花园里看花，并且觉得她对邻居很和善。这位"小新娘子"已经是八十多岁的老太太了！

我还记得我母亲爱吃京冬菜。这东西我们家乡是没有的，是托做京官的亲戚带回来的，装在陶制的罐子里。

我母亲死后，她养病的那间"小房"锁了起来，里面堆放着她生前用的东西，全部嫁妆——"摞橱"、皮箱和铜火盆、朱漆的火盆架子……我的继母有时开锁进去，取一两样东西，我跟着进去看过。"小房"外面有一个小天井。靠南有一个秋叶形的小花台。花台上开了一些秋海棠。这些海棠自开自落，没人管它们。花很伶仃，但是颜色很红。

我的第一个继母娘家姓张。她们家原来在张家庄住，是个乡下财主。后来在城里盖了房子，才搬进城来。房子是全新的，新砖，新瓦，油漆的颜色也都很新。没有什么花木，却有一片很大的桑园。我小时就觉得奇怪，又不养蚕，种那么多桑树做什么？桑树都长得很好，干粗叶大，是湖桑。

我的继母幼年丧母，她是跟姑妈长大的，姑妈家姓吴。继母的姑妈年轻守寡。她住的房子二梁上挂着一块匾，朱地金字"松贞柏节"，下款是"大总统题"。这大总统不知是谁，是袁世凯？还是黎元洪？吴家家境不富裕，住的房子是张家的三间偏房。老姑奶奶有两个儿子，一个叫大和子，一个叫小和子。两个儿子都没上学校，念了几年私塾，专学珠算。同年龄的少年学"鸡兔同笼"，他们却每天打"归除""斤求两，两求斤"。他们是准备到钱庄去学生意的。

我的继母归宁，也到她的继母屋里坐坐，但大部分时间都在这三间偏房里和姑妈在一起。我父亲到老丈人那边应酬应酬，说些淡话，也都在"这边"陪姑妈闲聊。直到"那边"

来请坐席了，才过去。

继母身体不好。她婚前咳嗽得很厉害，和我父亲拜堂时是服用了一种进口的杏仁露压住的。

她是长女，但是我的外公显然并不钟爱她。她的陪嫁妆奁是不丰的。她有时准备出门做客，才戴一点首饰。比较好的首饰是副翡翠耳环。有一次，她要带我们到外公家拜年，她打扮了一下，换了一件灰鼠的皮袄。我觉得她一定会冷。这样的天气，穿一件灰鼠皮袄怎么行呢？然而她只有一件皮袄。我忽然对我的继母产生一种说不出来的感情。我可怜她，也爱她。

后娘不好当。我的继母进门就遇到一个局面，"前房"（我的生母）留下三个孩子：我姐姐、我，还有一个妹妹。这对于"后娘"当然会是沉重的负担。上有婆婆，中有大姑子、小姑子，还有一些亲戚邻居，她们都拿眼睛看着，拿耳朵听着。

也许我和娘（我们都叫继母为娘）有缘，娘很喜欢我。

她每次回娘家，都是吃了晚饭才回来。张家总是叫了两辆黄包车，姐姐和妹妹坐一辆，娘搂着我坐一辆。张家有个规矩（这规矩是很多人家都有的），姑娘回自己婆家，要给孩子手里拿两根点着了的安息香。我于是拿着两根安息香，偎在娘怀里。黄包车慢慢地走着。两旁人家、店铺的影子向后移动着,我有点迷糊。闻着安息香的香味,我觉得很幸福。

小学一年级时,冬天,有一天放学回家,我大便急了,憋不住,拉在裤子里了(我记得我拉的屎是热腾腾的)。我兜着一裤兜屎,一扭一扭地回了家。我的继母一闻,二话没说,赶紧烧水,给我洗了屁股。她把我擦干净了,让我围着棉被坐着。接着就给我洗衬裤刷棉裤。她不但没有说我一句,连眉头都没有皱一下。

我妹妹长了头虱,娘煎了草药给她洗头,用篦子给她篦头发。张氏娘认识字,念过《女儿经》。《女儿经》有几个版本,她念过的那本,她从娘家带了过来,我看过。里面有这样的句子:"张家长,李家短,别人的事情我不管。"她就是按照这一类道德规范做人的。她有时念经:《金刚经》《心经》《高王经》。她是为她的姑妈念的。

她做的饭菜有些是乡下做法,比如番瓜(南瓜)熬面疙瘩,煮百合先用油炒一下。我觉得这样的吃法很怪。

她死于肺病。

我的第二个继母姓任。任家是邵伯大地主,庄园有几座大门,庄园外有壕沟吊桥。

我父亲是到邵伯结的婚。那年我已经十七岁,读高二了。

父亲写信给我和姐姐，叫我们去参加他的婚礼。任家派一个长工推了一辆独轮车到邵伯码头来接我们。我和姐姐一人坐一边。我第一次坐这种独轮车觉得很有趣。

我已经很大了，任氏娘对我们很客气，称呼我是"大少爷"。我十九岁离开家乡到昆明读大学。1986年回乡，这时娘才改口叫我"曾祺"。——我这时已经六十六岁，也不是什么"少爷"了。

我对任氏娘很尊敬，因为她伴随我的父亲度过了漫长的很艰苦的沧桑岁月。

她今年八十六岁。

小学同学

顾先生什么都不说,抡起戒尺就打。打得非常重。打得邱麻子嘴角牵动,一咧一咧的。一直打了半节课。

金国相

我时常想起金国相。他很可怜。不知道怎么传出来的,说金国相有尾巴。于是在第二节课下课后,常常有一群同学追他,要脱下他的裤子。金国相拼命逃。大家拼命追。操场、校园、厕所……金国相跑得很快,从来没有被追上、摁倒过。这样追了十分钟,直到第三节课铃响。学校的老师看见,也不管。我没有追过金国相。为什么要欺负人呢?那么多人欺负一个人!

金国相到底有没有尾巴?可能是有的。不然他为什么拼命逃？可能是他尾骨长出一节，不会是当真长了一根毛乎乎的尾巴。

金国相的样子有点蠢。头很大，眼睛也很大。两只很圆的眼睛，老是像瞪着。说话声音很粗。

他家很穷。父亲早死了，家里只有一个祖母，靠糊"骨子"（做鞋底用的袼褙）为生。把碎布浸湿，打一盆面糊，在门板上把碎布一层一层地拼起来，糊得实实的，成一个二尺宽、五六尺长的长方块，晒干后，揭下。只要是晴天，都看见老奶奶坐在一个小板凳上糊骨子。金国相家一般是不关门的，因为门板要用来糊骨子，因此从街上一眼可以看到他家的堂屋。堂屋里什么都没有，一张破桌子，几条板凳。

金国相家左邻是一个很小的石灰店，右邻是一个很小的炮仗店。这几家门面都不敞亮，不过金国相家特别地暗淡。

金国相家的对面是一个私塾。也还有人家愿意把孩子送到私塾念书，不上小学。私塾里有十几个学生。我们是读小学的，而且将来还会读中学、大学，对私塾看不起，放学后常常大摇大摆地走进去看看。教私塾的老先生也无可奈何。这位老先生样子很"古"。奇怪的是板壁上却挂了一张老夫妻俩的合影，而且是放大的。老先生用粗拙的字体在照片边廓

题了一首诗,有两句我一直不忘:

诸君莫怨食田少,
吃饭穿衣全靠它。

我当时就觉得这首诗很可笑。"食田"的多少是老先生自己的事,与"诸君"有什么关系呢?

金国相为什么不就在对门读私塾,为什么要去读小学呢?

邱麻子

邱麻子当然是有个学名的,但是从一年级起,大家都叫他邱麻子。他又黑又麻。他上学上得晚,比我们要大好几岁,人也高出好多。每学期排座位,他总是最后一排,靠墙坐着。大家都不愿跟他一块玩,他也跟这些比他小好几岁的伢子玩不到一起去,他没有"好朋友"。我们那时每人都有一两个特别要好的同学。男生跟男生玩,女生跟女生玩。如果是亲戚或是邻居,男生和女生也可以一起玩。早上互相叫着一起到学校,晚上一同回家。邱麻子总是一个人来,一个人走。

三年级的时候,有一天上算术课,来的不是算术老师,是教务主任顾先生。顾先生阴沉着脸,拿了一把很大的戒尺。级长喊了"一——二——三"之后,顾先生怒喝了一声:"邱××!到前面来!"邱麻子走到讲桌前站住。"伸出左手!"顾先生什么都不说,抡起戒尺就打。打得非常重。打得邱麻子嘴角牵动,一咧一咧的。一直打了半节课。同学们鸦雀无声。只见邱麻子的手掌肿得像发面馒头。邱麻子不哭,不叫喊,只是咧嘴。这不是处罚,简直是用刑。

后来知道是因为邱麻子"摸"了女生。

过了好些年,我才知道这叫"猥亵"。

邱麻子当然不知道这是"猥亵"。

连教导主任顾先生也不知道"猥亵"这个词。

邱麻子只是因为早熟,因为过早萌发的性意识,并且因为他的黑和麻,本能地做出这种事,没有谁教唆过他。

邱麻子被学校开除了。

邱麻子家开了一座铁匠店。他父亲就是打铁的。邱麻子被开除后,学打铁。

他父亲掌小锤,他抡大锤。我们放了学,常常去看打铁。

他父亲把一块铁放进炉里，邱麻子拉风箱。呼——嗒，呼——嗒……铁块烧红了，他父亲用钳子夹出来，搁在砧子上。他父亲用小锤一点，"叮"，他就使大锤砸在父亲点的地方，"当"。叮——当，叮——当。铁块颜色发紫了，他父亲把铁块放在炉里再烧。烧红了，夹出来，叮——当，叮——当，到了一件铁活快成形时，就不再需要大锤，只要由他父亲用小锤正面反面轻敲几下，"叮、叮、叮、叮"。"叮叮叮叮……"这是用小锤空击在铁砧上，表示这件铁活已经完成。

叮——当，叮——当，叮——当。

少年棺材匠

徐守廉家是开棺材店的，是北门外唯一的棺材店。

走过棺材店，总有一种很特殊的感觉。别的店铺都与"生"有关，所卖的东西是日用所需，棺材店却是和"死"联系在一起的。多数店铺在店堂里都设有椅凳茶几，熟人走过，可以进去歇歇脚，喝一杯茶，闲谈一阵，没有人会到棺材店去串门。别的店铺里很热闹。酱园从早到晚，买油的、买酱的、打酒的、买萝卜干酱莴苣的，川流不息。布店从早上九点钟到下午五六点钟，总有人靠着柜台挑布（没有人大清早去买布的；灯下买布，看不正颜色了）。米店中饭前、晚饭前有两次高潮。药店的"先生"照方抓药，顾客坐在椅子上等，因为中药有很多味，一味一味地用戥子戥，包，要费一点时间。绒线店里买丝线的、绦子的、二号针的、品青煮蓝的……络绎不绝。棺材店没法子热闹。北门外一天死不了一个人。一天死几个，更是少有。就是那年闹霍乱，死的人也不太多。棺材店过年是不贴春联的。如果贴，写什么字呢？"生意兴隆通四海，财源茂盛达三江"？

我和徐守廉很要好。他很聪明，功课很好，我常到他家的棺材店去玩。

棺材店没有柜台，当然更没有货橱货架，只有一张账桌，徐守廉的父亲坐在桌后的椅子里，用一副骨牌"打通关"。棺材店是不需要多少"先生"的，顾客很少，货品单一。有来看材的（这些"材"就靠西墙一具一具地摞着），徐守廉的父亲就放下骨牌接待。棺材是没有什么可挑选的，样子都是一样的。价钱也是固定的。上等的、中等的、下等的薄皮材，自几十元、十几元至几块钱不等。也没有人去买棺材讨价还价。看定一种，交了钱，雇人抬了就走。买棺材不兴赊账，所以账目也就简单。

我去"玩",是去看棺材匠做棺材。棺材也要做得像个棺材的样子,不能做成一个长方的盒子。棺材板很厚。两边的板要一头大,一头小,要略略有点弧度,两边有相抱的意思;棺材盖尤其重要,棺材盖正面要略略隆起,棺材盖的里面要是一个"膛",稍拱起。做棺材的工具是一个长把、弯头、阔刃的家伙,叫作"锛"。棺材的各部分,是靠"锛"锛出来的(棺材板平放在地下)。老师傅锛起来非常准确。嚓!——嚓,嚓,嚓——锛到底,削掉不必要的部分,略修几下,这块板就完全合尺寸。锛时是不弹墨线的,全凭眼力,凭手底下的功夫。一般木匠是不会做棺材的,这是另一门手艺。

棺材店里随时都喷发出新锛的杉木的香气。

徐守廉小学毕业没有升学,就在他家的棺材店里学做棺材的手艺。

我读完初中,徐守廉也差不多出师了。

我考上了高中,路过徐家棺材店,徐守廉正在熟练地锛板子。我叫他:

"徐守廉!"

"汪曾祺!来!"

我心里想:"你为什么要当棺材匠呢?"话到嘴边,没有说出来。我觉得当棺材匠不好。为什么不好呢?我也说不出来。

蒌蒿薹子

小说《大淖记事》:"春初水暖,沙洲上冒出很多紫红色的芦芽和灰绿色的蒌蒿,很快就是一片翠绿了。"我在书页下方加了一条注:"蒌蒿是生于水边的野草,粗如笔管,有节,生狭长的小叶,初生二寸来高,叫作'蒌蒿薹子',加肉炒食极清香……""蒌蒿"的"蒌"字,我小时不知怎么写,后来偶然看了一本什么书,才知道的。这个字音"吕"。我小学有一个同班同学,姓吕,我们就给他起了一个外号,叫"蒌蒿薹子"(蒌蒿薹子家开了一爿糖坊,小学毕业后未升学,我们看见他坐在糖坊里当小老板,觉得很滑稽)。

——《故乡的食物》

真对不起,我把我的这位同学的名字忘了,现在只能称他为蒌蒿薹子。我们小时候给人取外号,常常没有什么意义,"蒌蒿薹子",只是因为他姓吕,和他的形貌没有关系。"糖坊"

是制麦芽糖的。有一口很大的锅,直径差不多有一丈[1]。隔几天就煮一锅大麦芽,整条街上都闻到熬麦芽的气味。麦芽怎么变成了糖,这过程我始终没弄清楚,只知道要费很长时间。制出来的糖就是北京叫作关东糖的那种糖。有的做成直径尺半许的一个圆饼,肩挑的小贩趸去。或用钱买,或用鸭毛破布来换,都可以。用一个刨刃形的铁片揳入糖边,用小铁锤一敲,叮的一声就敲下一块。云南管这种糖叫"丁丁糖"。蒌蒿薹子家不卖这种糖,门市只卖做成小烧饼状的糖饼。有时还卖把麦芽糖拉出小孔,切成二寸长的一段一段,孔里灌了豆面,外面滚了芝麻的"灌香糖"。吃糖饼的人很少,这东西很硬,咬一口,不小心能把门牙齿扳下来。灌香糖买的人也不多。因此照料门市,只要一个人就够了。原来看店堂的是他的父亲,蒌蒿薹子小学毕了业,就由他接替了。每年只有进腊月二十边上,糖坊才红火热闹几天。家家都要买糖饼祭灶,叫作"灶糖",不少人家一买买一摞,由大至小,摞成宝塔。全城只有这一家糖坊,买灶饼糖的人挤不动。四乡八镇还有来趸批的。糖坊一年,就靠这几天的生意赚钱。这几天,蒌蒿薹子显得很忙碌,很兴奋。他的已经"退居二线"的父

---

[1] 1 丈约为 3.33 米。——编者注

亲也一起出动。过了这几天，糖坊又归于清淡。蒌蒿薹子可以在店堂里"坐"着，或抄了两手在大糖锅前踱来踱去。

蒌蒿薹子是我们的同学里最没有野心、最没有幻想、最安分知足的。虚岁二十，就结了婚。隔一年，得了一个儿子。而且，那么早就发胖了。

王居

我所以记得王居，一是我觉得王居这个名字很好玩——有什么好玩呢？说不出个道理；二是，他有个毛病，上体育的时候，齐步走，一顺边——左手左脚一齐出，右手右脚一齐出。

王居家是开豆腐店的，豆腐店是不大的买卖。北门外共有三家豆腐店。一家马家豆腐店，一家顾家豆腐店，都穷，房屋残破，用具发黑。顾家豆腐店因为顾老头有一个很风流的女儿而为人所知（关于她，是可以写一篇小说的）。只有王居家的"王记豆腐店"却显得气象兴旺。磨浆的磨子、卖浆的锅、吊浆的布兜，都干干净净。盛豆腐的木格刷洗得露出木丝。什么东西都好像是新置的。王居的父亲精精神神，母亲也是随时都光梳头，净洗脸，衣履整齐。王家做出来的豆腐比别家的白、细，百叶薄如高丽纸，豆腐皮无一张破损。"王记"豆腐方干齐整紧细，有韧性，切"丁丝"最好，北城几家茶馆，五柳园、小蓬莱、胡小楼，常年到"王记"买豆腐干。因此街邻们议论：小买卖发大财。

一个豆腐店，"发"也发不到哪里去。但是王居小学毕业后读了初中。我们同了九年学。王居上了初中，还是改不了他那老毛病，齐步走，一顺边。

王居初中毕业后，是否升学读了高中，我就不清楚了。

我的初中

> 我有一次病了几天,他问我的堂哥汪曾浚(他和我同班):"汪曾祺的病怎么样?"我那堂哥回答:"他死不了。"王先生大怒,说:"你死了我也不问!"

初中全名是高邮县立初级中学,是全县的最高学府。我们县过去连一所高中都没有。

地点在东门。原址是一个道观,名曰"赞化宫"。我上初中时,二门楣上还保留着"赞化宫"的砖额,字是《曹全碑》体隶书,写得不错,所以我才记得。

赞化宫的遗物只有:一个白石砌的圆形的放生池,池上有石桥。平日池干见底,连日大雨之后有水。东北角有一座小楼,原是供奉吕祖的。年久失修,岌岌可危。吕祖楼的对面有一土阜。阜上有亭,倒还结实。亭子的墙壁外面涂成红色。我们就叫它"小亭子"。亭之三面有圆形的窗洞。拳起两脚,坐在窗洞里,可以俯瞰墙外的土路。小亭之下长了相当大一丛紫竹。紫竹皮色深紫,极少见。我们县里好像只有这一丛紫竹。不知是何年,何人所种。小亭子左边有一棵楮树,我们那里叫"壳树"。楮树皮可造纸,但我们那里只是采其大叶以洗碗,因为楮叶有细毛,能去油腻。还有一棵很奇怪的树,叫"五谷树",一棵结五种形状不同的小果子,我们家乡从哪一种果子结得多少,以占今年宜豆宜麦。

初中的主要房屋是新建的。靠南墙是三间教室,依次为初一、初二、初三,对面是教导处和教员休息室。初三教室之东,有一个圆门,门外有一座楼,两层。楼上是图书馆,主要藏书是几橱《万有文库》。楼下是"住读生"的宿舍。初中学生大部分是"走读",有从四乡村镇来的学生,城区无亲友家可寄住,就住在学校里,谓之"住读"。

初中的主课是"英(文)、国(文)、算(数学)"。学期终了结算学生的总平均分数,也只计算这三门。

初一、初二的英文没有学到什么东西,因为教员不好。初三却有一门奇怪的课"英文三民主义"。不知道这是国民党的统一规定,还是我们学校里特别设置的。教这一课的是校长耿同霖。耿同霖解放后被枪毙了,不知道他有什么罪恶,但他在当我们的校长时看不出有多坏。他有一个习惯,讲话或上课时爱用两手摩挲前胸。他老是穿一件墨绿色的毛料的夹袍。在我的想象里，他被枪毙时也是穿的这件夹袍。

初一、初二国文是高北溟先生教的。他的教学法大体如我在小说《徙》中所写的那样。有些细节是虚构的，如小说中写高先生编过一本《字形音义辨》，实际上他没有编过这样一本书，他只是让学生每周抄写一篇《字辨》上的字。但他编过一些字形的歌诀，如："戌横、戍点、戊中空。"《国学常识》是编过一本讲义的，学生要背："三坟五典八索九丘"，"乾三连、坤六断、震仰盂、艮覆碗"……他讲书前都要朗读一遍。有时从高先生朗读的顿挫中学生就能体会到文义。"小子识之：苛政猛于虎也！""永州之野产异蛇，黑质而白章……"他讲书，话不多，简明扼要。如讲《训俭示康》："……'厅事前仅容旋马'，闭目一想，就知道房屋有多狭小了。"这使我受到很大启发，对写小说有好处。小说的描叙要使读者有具体的印象。如果记录厅事的尺寸，即无意义。高先生教书很严，学生背不出书来，是要打手心的。我的堂弟汪曾炜挨过多次打。因为他小时极其顽皮，不用功。曾炜后来发愤读书，现在是著名的心脏外科专家了。我的同班同学刘子平后来在高邮中学教书，和高先生是同事了，曾问过高先生："你从前为什么对我们那么严？"高先生叹了一口气，说：

"我现在想想，真也不必。"小说《徙》中写高先生在初中未能受聘，又回小学去教书了，是为了渲染高先生悲怆遭遇而虚构的，事实上高先生一直在高邮中学任教，直至寿终。

教初三国文的是张道仁先生。他是比较有系统地把新文学传到高邮来的。他是上海大夏大学毕业的。我在写给张先生的诗中有两句："汲源来大夏，播火到小城。"1986年，我和张先生提起，他说他主要根据的是孙俍工的一本书。

教初二代数的是王仁伟先生。王先生少孤。他的父亲曾游食四方。王先生曾拿了一册他的父亲所画的册页，让我交给我父亲题字。我看了这套册页，都是记游之作。其中有驴、骡、骆驼，大概是在北方的时候多。王先生学历不高，没有上过大学。他的家境不宽裕，白天在学校上课，晚上还要在家里为十多个学生补习，够辛苦的。也许因为他的脾气不好，多疑而易怒，见人总是冷着脸子。我的代数不好，但王先生却很喜欢我。我有一次病了几天，他问我的堂哥汪曾浚（他和我同班）："汪曾祺的病怎么样？"我那堂哥回答："他死不了。"王先生大怒，说："你死了我也不问！"

教初三几何的是顾调笙先生。他同时是教导主任。他是中央大学毕业的，中央大学是名牌国立大学，因此他看不起私立大学毕业的教员，称这种大学为"野鸡大学"，有时在课堂公开予以讥刺。他对我的几何加意辅导。因为他一心想培养我将来进中央大学，学建筑，将来当建筑师。学建筑同时要具备两种条件，一是要能画画，一是要数学好，特别是几何。我画画没有问题，数学——几何却不行。他在我身上花了很多功夫，没有效果，叹了一口气说："你的几何是桐城派几何！"桐城派文章简练，而几何是要一步步论证的，我那种跳跃式的演算，不行！顾先生走路总是反抄着两手，因为他有点驼背，想用这种姿势纠正过来。他这种姿势显得人更为自负。

教美术的是张杰夫先生。"夫"字的行草似"大人"两个字合在一起，学生背后便称之为"杰大人"。他不是本地人，是盐城人，上海艺专毕业。他画水彩，也画国画。每天写大字一张，临《礼器碑》。《礼器碑》用笔结体都比较奇峭，高邮人不欣赏。他的业绩是开辟了一个图画教室，就在吕祖楼东边的一排闲房里。订制了画架、画板（是银杏木的）。我们这才知道画西洋画是要把纸钉在画板上斜立在画架上画的（过去我们画画都是把纸平放在桌子上画的）。二年级以后，画水彩画，我开始知道分层布色，知道什么叫"笔触"。我们画的次数最多的是鱼，两条鱼，放在瓷盘里。我们最有兴趣的是倒石膏模子。张先生性格有点孤僻，和本地籍的同事很少来往。算是知交的，只有一个常州籍教地理的史先生。史先生教了一学年,离开了。张先生写了一首诗送他:"侬今送君人笑痴,他日送侬知是谁?"这是活剥《葬花词》,但是当时我们觉得写得很好,很贴切。大概当时的教员都有一点无端端的感伤主义。

教音乐的也是一位姓张的先生,他的特别处是发给学生的乐谱不是简谱,是线谱;教了一些外国歌。我学会《伏尔加船夫曲》就是在那时候。张先生郁郁不得志,他学历不高,薪水也低。

东门外是刑场。出东门,有一道铁板桥,脚踏在上面,咚咚地响。桥下是水闸,闸上闸下落差很大,水声震耳,如同瀑布。这道桥叫作"掉魂桥",说是犯人到了桥上,魂就掉了。过去刑人是杀头的。东门外南北大路也有四五个圆的浅坑,就是杀人的遗迹。据说,犯人跪在坑里,由刽子手从后面横切一刀,人头就落地了。后来都改成枪毙了,我们那里叫作"铳人"。在教室里上着课,听到凄厉的拉长音的号声,就知道:铳人了。一下课,我们就去看。犯人的尸首已经装在一具薄皮材里,抬到城墙外面的荒地里,地下一摊泛出蓝光的血。

东门之东,过一小石桥,有几间瓦房。原来大概是一个什么祠,后来成了耕种学田的农民的住家。瓦房外是打谷场。有一棵大桑树。桑树下卧着一头牛。不知道为什么,我一想起桑树和牛，就很感动，大概是因为看得太熟了。

城墙下是护城河，就是流经掉魂桥的河。沿河种了一排很大的柳树。柳树远看如烟，有风则起伏如浪。我第一次体会到什么是"烟柳""柳浪"，感受到中国语言之美。可以这样说：这排柳树教会我怎样使用语言。

往南走，是东门宝塔。

除了到打谷场上看看，沿护城河走走，我们课余的活动主要有：爬城墙、跳河。

操场东面，隔一道小河，即是城墙。城墙外壁是砖砌的，内壁不封砖，只是夯土。内壁有一点坡度，但还是很陡。我们几乎每天搞一次登山运动。上了陡坡，手扶垛口，心旷神怡。然后由陡坡飞奔而下。这可是相当危险的，无法减速，下到平地，收不住脚，就会一直蹿到河里去。

操场北面，沿东城根到北城根，虽在城里，却很荒凉。人家不多，很分散。有一些农田，东一块，西一块，大大小小，很不规整。种的多是杂粮，豆子、油菜、大麦……地大概是无主的地，种地的也不正经地种，荒秽不治，靠天收。地块之间，芦荻过人。我曾经在一片开着金黄的菊形的繁花的茼蒿上面（茼蒿开花时高可尺半）看到成千上万的粉蝶，上下翻飞，真是叫人眼花缭乱。看到这种超常景象，叫人想狂叫。

这里有很多野蔷薇，一丛一丛，开得非常旺盛。野蔷薇是单瓣的，不耐细看，好处在多，而且，甜香扑鼻。我自离初中后，再也没有看到这样多的野蔷薇。

稍远处有一片杂木林。我有一次在林子里看到一个猎人。我从来没有看到过猎人。我们那里打鱼的很多，打猎的几乎没有。这个猎人黑瘦黑瘦的，眼睛很黑。他穿了一身黑的衣裤，小腿上缠了通红的绑腿。这个猎人给我一种非常猛厉的印象。他在追逐一只斑鸠。斑鸠已经发觉，它在逃避。斑鸠在南边的树头枝叶密处，猎人从北往南走。他走得从容不迫，一步，一步。快到树林南边，斑鸠一翅飞到北边树上。猎人又由南往北走，一步，一步。这是一种无声的紧张，持续的意志的角逐。我很奇怪，斑鸠为什么不飞出树林。这样往复多次，斑鸠慌神了，它飞得不稳了。一声枪响，斑鸠落地。猎人拾起斑鸠，放进猎袋，走了。他的大红的绑腿鲜明如火。我觉得斑鸠和猎人都很美。

这一片荒野上有一些纵横交错的小河。我们几乎每天来比赛"跳河"。起跑一段，纵身一跳，跳到对岸。河阔丈许，跳不好就会掉在河里。但我的记忆中似没有一人惨遭灭顶。

跳河有大王，大王名孙普，外号黑皮。他是多宽的河也敢跳的。

赞化宫之外,有一处房屋也是归初中使用的:孔庙。孔庙离赞化宫很近,往西走三分钟即到。孔庙大门前有一个半圆形的"泮池",常年有水,池上围以石栏。泮池南面是一片大坪场,整整齐齐地栽了很多松树,都已经很大了。孔庙的主体建筑是"明伦堂",原是祭孔的地方,后来成了初中的大礼堂。至圣先师的牌位被请到原来住"训导""教谕"的厢房里去了,原来供牌位的地方挂了孙中山像。明伦堂的东西两壁挂了十六条彩印的条幅,都是民族英雄,有苏武牧羊、闻鸡起舞、班超投笔、木兰从军……其余的,记不得了。为什么要挂这样的画?这时"九一八"事变已经发生,全国上下抗战救国情绪高涨。我们的国文、历史课都增加培养民族意识的内容,作文也多出这方面的题目。有一次高北溟先生出了一道作文题"救国策",我那堂哥汪曾浚劈头写道:"国将亡,必欲求,此不易之理也。"他的名句我一直记得。他大概读了一些《东莱博议》之类的书,学会了这种调调。这有点可笑,一个初中学生能拿出什么救国之策呢?但是大敌当前,全民奋起,精神可贵。我到现在还觉得应该教初中、小学的学生背会《木兰辞》,唱"苏武留胡节不辱"。这对培养青少年的情操和他们的审美意识,都是有好处的。

师恩母爱

> 我教过那么多学生,长大了,还没有一个来看过我的!

　　五小(县立第五小学)创立了我们县的第一所幼儿园(当时叫作"幼稚园"),我是幼稚园第一届的学生。幼稚园是新建的,什么都是新的。新的瓦顶,新的砖墙,新的大窗户,新的地板。地板是油漆过的,地板上用白漆漆了一个很大的圆圈。地板门窗发出很好闻的木料的香味。这是我们的教室。教室一边是放玩具的安了玻璃窗的柜橱,一边是一架风琴。教室门前是一片草坪。草坪一侧是滑梯、跷跷板(当时叫作"轩轾板",这名称很文,我们都不知道为什么叫这样的名称)、沙坑,另一侧有一根粗大的木柱,木柱有顶,中有铁轴,可转动。柱顶垂下七八根粗麻绳,小朋友手握麻绳,快走几步，两脚用力蹬地，两腿蜷缩，人即腾起，围着木柱而转。这件体育器材叫作"巨人布"。我至今不明白这东西怎么会叫这样一个奇怪名字，而且我以后再也没有见过这样的奇怪东西。这就是我们的幼稚园，我们真正的乐园。

幼稚园也上下课。课业内容是唱歌、跳舞、游戏。教我们唱歌游戏的是王先生（那时没有"阿姨"这种称呼），名文英，最初学的是简单的短歌：

拉锯，送锯，

你来，我去。

拉一把，推一把，

哗啦哗啦起风啦，

小小狗，快快走，

小小猫，快快跑。

后来学了带一点情节性的表演唱。

母亲要外出，嘱咐孩子关好门，有人叫门，不要开。

狼来了，唱道：

小孩子乖乖，

把门开开,

快点开开,

我要进来。

不开不开不能开,

母亲不回来,

谁也不能开!

狼依次叫小兔子乖乖、小羊乖乖开门,它们都不开。最后叫小螃蟹:

小螃蟹乖乖,

把门开开,

快点开开,

我要进来。

小螃蟹答应:

就开就开我就开——

小螃蟹开了门。"啊呜!"狼一口把它吃掉了。

合唱：

可怜小螃蟹，
从此不回来！

最后就能排演有歌有舞，有舞台动作的小歌剧《麻雀和小孩》了。

开头是老麻雀教小麻雀学飞：

飞飞，飞飞，慢慢飞。
要上去就要把头抬，
要下来尾巴摆一摆，
这个样子飞到这里来。

老麻雀出去寻食，老不回来。小孩上，问小麻雀：

小麻雀呀，
你的母亲哪里去了？

小麻雀答：

我的母亲打食去了,

还不回来,

饿得真难受。

小孩把小麻雀接回去,给它喂食充饥。

老麻雀回来,发现女儿不见了,十分焦急,唱:

啊呀不好了,

女儿不见了!

焦焦,

女儿,

年纪小,

不会高飞上树梢。

渺渺茫茫路远山遥……

小孩把小麻雀送回来,老麻雀看见女儿,非常高兴,问它是不是饿坏了。女儿说小孩人很好,给它喂了食:

小青虫,小青豆,

吃了一个饱,

我的妈妈呀!

老麻雀感谢小孩。
全剧终。

剧情很简单,音乐曲调也很简单,但是感情却很丰富,麻雀母女之情,小孩的善良仁爱,都在小朋友的心灵中留下深刻长久的影响。

所有的歌舞表演都是王文英先生一句一句地教会的。我们在表演时,王先生踏风琴伴奏。我至今听到风琴声音还是很感动。

我在五小毕业,后来又读了初中、高中,人也大了,就很少到幼稚园去看看。十九岁离乡,四方漂泊,一直没有回去过。我一直没有再见过王先生。她和我的初中的教国文的张道仁先生结了婚,我是大了以后才知道的。

1981年秋,我应邀回阔别多年的家乡讲学,带了一点北京的果脯去看王先生和张先生,并给他们各送了一首在招待所急就的诗。给王先生的一首不文不白,毫无雕饰。第二天,张先生带了两瓶酒到招待所来看我,我说哪儿有老师来看学生的道理,还带了酒!张先生说,是王先生一定要他送来的。

说王先生看了我的诗,哭了一晚上。这首诗全诗是:

"小孩子乖乖,把门开开",
歌声犹在,耳边徘徊。
我今亦老矣,白髭盈腮,
念一生美育,从此培栽,
师恩母爱,岂能忘怀!
愿吾师康健,长寿无灾。

张先生说,王先生对他说:"我教过那么多学生,长大了,还没有一个来看过我的!"王先生指着"师恩母爱,岂能忘怀"对张先生说:"他进幼稚园的时候还戴着他妈妈的孝!"我这才知道王先生为什么对我特别关心,特别喜爱。张先生反复念了这两句,连说:"师恩母爱!师恩母爱!"

王先生已经去世几年了。我不知道她的准确的寿数,但总是八十以上了。

我觉得幼儿园的老师对小朋友都应该有这样的"师恩母爱"。

© 中南博集天卷文化传媒有限公司。本书版权受法律保护。未经权利人许可，任何人不得以任何方式使用本书包括正文、插图、封面、版式等任何部分内容，违者将受到法律制裁。

图书在版编目（CIP）数据

世人二三事 / 汪曾祺著. -- 长沙：湖南文艺出版社，2024.5
ISBN 978-7-5726-1711-9

Ⅰ.①世… Ⅱ.①汪… Ⅲ.①散文集—中国—当代 Ⅳ.①I267

中国国家版本馆 CIP 数据核字（2024）第 069778 号

上架建议：畅销·文学

SHIREN ER-SAN SHI
世人二三事

著　　者：汪曾祺
出 版 人：陈新文
责任编辑：匡杨乐
监　　制：毛闽峰
图书策划：史义伟
特约编辑：朱东冬
营销编辑：刘　珣　焦亚楠
装帧设计：棱角视觉
出　　版：湖南文艺出版社
　　　　　（长沙市雨花区东二环一段 508 号　邮编：410014）
网　　址：www.hnwy.net
印　　刷：北京中科印刷有限公司
经　　销：新华书店
开　　本：875 mm × 1230 mm　1/32
字　　数：145 千字
印　　张：8
版　　次：2024 年 5 月第 1 版
印　　次：2024 年 5 月第 1 次印刷
书　　号：ISBN 978-7-5726-1711-9
定　　价：49.80 元

若有质量问题，请致电质量监督电话：010-59096394
团购电话：010-59320018